Heinrich Preschers

Der Graf Strafford

Trauerspiel in 5 Aufz. Nebst Versuch über das Leben desselben und einer

Schilderung des Zustandes von England, Schottland und Irland unter Karl. I.

Heinrich Preschers

Der Graf Strafford
*Trauerspiel in 5 Aufz. Nebst Versuch über das Leben desselben und einer Schilderung des
Zustandes von England, Schottland und Irland unter Karl. I.*

ISBN/EAN: 9783743623378

Hergestellt in Europa, USA, Kanada, Australien, Japan

Cover: Foto ©Andreas Hilbeck / pixelio.de

Weitere Bücher finden Sie auf **www.hansebooks.com**

Der Graf Strafford,

Trauerspiel
in fünf Aufzügen.

Nebst einem

Versuch über das Leben desselben

und einer

Schilderung des Zustandes von England,
Schottland und Irland

unter der

Regierung Karl's des Ersten.

Aus dem Französischen

des Grafen

Lally Tolendal.

Erster Theil:
Der Graf Strafford, ein Trauerspiel.

Berlin,
bey Ernst Felisch 1796.

Der

Graf Strafford,

ein

Trauerspiel.

———————

Erster Theil.   A

Personen.

Karl I. König von England, Schottland und Irland.

Thomas Wentworth, Graf von Strafford, Erster Minister von England, Lord-Statthalter von Irland, Hauptanführer der Königlichen Armee wider die Empörer Schottlands rc.

Elisabeth, Gräfinn von Strafford.

William, Anna und Arabella, Kinder des Grafen und der Gräfinn.

Sir George Wentworth, Bruder des Grafen.

Pym, Mitglied der Gemeinen Englands, Oberhaupt der Parthey der Puritaner.

Lord Loudon, Abgeordneter der Covenantarier aus Schottland.

Bellew, Abgeordneter der Gemeinen Irlands.

Karleton, Staats-Sekretär.

Der Groß-Seneschall der Krone.

Pairs und Gemeinen von England.

Balfour, Lieutenant des Towers.

Mehrere Offiziere und Hofbediente des Königs und der Königinn.

Sydney, Aufseherinn der Kinder des Grafen und der Gräfinn.

Edmund, Stallmeister des Grafen Strafford.

Bestwick, Pyms Agent.

Haufe der Aufrührer.

Schottische Gefangene.

Irische Offiziere und Soldaten.

Offiziere, Wachen, Soldaten, Englisches Volk.

Der Schauplatz ist zu London.

Erster Aufzug.

Erster Auftritt.

Die Gräfinn Strafford. Sydney.

(Das Theater stellt das Innere des Pallastes von
White-Hall vor. Vorn auf dem Theater ist
ein offener Vorsaal, woran verschiedene Zimmer stoßen, unter welchen das Zimmer der
Gräfinn Strafford ist, und welches, am Ende
einer langen Gallerie, eine Thür, die zum Kö-
nigl. Zimmer führt, sehen lässet. — Es ist
sehr früh, und die Gräfinn Strafford scheint
im Pallast mit allen Zeichen der Unruhe um-
herzuirren.)

Sydney.

Wohin eilen Sie, Gnädige Frau? Was
treibt Sie umher? Ihr Schmerz wird ja

durch meine zärtlichsten Bemühungen immer hef-
tiger. Der Schlaf, der doch sonst die Thränen der Unglücklichen unterbricht, mindert nicht
im geringsten Ihre schrecklichen Qualen. Sie
weinen bey Erblickung Ihrer Kinder, und der
bloße Name ihres Vaters erregt Ihre Angst.
Ich empfing diese Kinder, so bald sie geboren
wurden; für dieselben habe ich stets die Sorgen Ihrer mütterlichen Liebe getheilt; ich habe
daher Rechte auf die Thränen, die sie ihrer
Mutter kosten. Entziehen Sie mir nicht länger dies traurige unglückliche Geheimniß. Welche Verzweiflung hat sich Ihrer bemeistert? —
Was für ein Unglück verfolgt Sie?

Die Gräfinn.

Ach! siehst Du es nicht? Und kannst Du
bey der mich drückenden Unruhe die Gefahr
eines Gemahls verkennen, den ich so zärtlich
liebe? Noch andere Augen, als die meinigen,
(obgleich aus verschiedenen Ursachen,) liebe
Sydney, schließt der Schlaf schon seit langer
Zeit nicht mehr. Um ihn herum wacht das
Verbrechen, ihn zu überfallen; seine Göttinn
wacht daher wenigstens zu seiner Vertheidi-

gung. Ich weiß nicht, aber der heutige Tag ist ein schrecklicher Tag für mich; schwarze Ahndungen schrecken mein Herz. Gestern sah ich, hier, in der Nähe, jene niederträchtigen Angeber, den Auswurf der Natur, welche die Geheimnisse der unglücklichen Sterblichen aus-spähen, und mit der Verrätherey ein schänd-liches Gewerbe treiben. Man lief umher, man suchte, man belagerte meine Thür. Pym schleppte überall seine unverschämten Begleiter mit sich, schwatze von Freyheit, von Rache, von Gesetz, und klagte laut die Minister des Königs an. Es ist eine Botschaft aus dem re-bellischen Schottland gekommen; auch aus Ir-land sind einige Neuigkeiten eingelaufen. Man spinnt eine Verschwörung an, sage ich dir; und auf meinen Gemahl haben alle diese Auf-rührer ihre Streiche gerichtet. Strafford be-siegt Schottland; er regiert Irland; und England weiß, daß sein König es befiehlt. Dies, dies ist der Gegenstand aller jener lär-menden Versammlungen der Abgeordneten der drey Nationen; und stets wählt man in diesen Zeiten des Aufruhrs und des Verbrechens den Tugendhaftesten zum Schlachtopfer.

Sydney.

Aber, Gnädige Frau, heut ist Mylord in
seinem Lager; was vermag dort wider ihn dies
ohnmächtige Murren? Und wie? ein bloßes
Geschwätz sollte Sie beunruhigen, da er zu seiner Vertheidigung eine ganze Armee hat?

Die Gräfinn.

Ach! wer steht mir, selbst für seine Soldaten? Entstand in einem Läger niemals eine
Frevelthat? Wo Buckingham, von Bösewichtern weniger gehaßt, weniger eifrig für seinen
Herrn, von einem Verräther ermordet fiel.
Nein, nein; ich befürchte alles. Und überdies
fordert der König meinen Gemahl zu sich.

Sydney.

Nun, wohl! Der König, Gnädige Frau,
ist der Bürge für sein Schicksal. Was kann
denn ein solcher Befehl Unglückliches ankündigen? Gewiß, niemals hatte der König einen
würdigern Minister; aber auch das muß man
gestehen, niemals war ein Minister geehrter,
als Mylord es hier ist. Karl will den Grafen überall, zu jeder Zeit sehen; er hat in sei-

nem Schloſſe Ihre Wohnung beſtimmt; Titel, Ehrenſtellen, alles kommt Ihren Wünſchen zuvor; alles iſt unter ihnen gemein, Entwürfe, Bekümmerniſſe und Vergnügungen;
Freundſchaft und Tugend vereinigen ſie; ſie
regieren gemeinſchaftlich, ſie mögen zuſammen,
oder getrennt ſeyn. Und dem Freunde, den
ſein Fürſt bis zu ſich erhob, könnte es an einer
Stütze wider Aufrührer fehlen, und Sie fürchten, Gnädige Frau, daß der König den großen Mann verlaſſen könne, der ihm ſeine Krone tragen hilft?

Die Gräfinn.

Such' andre Gründe auf, meine Angſt zu
ſtillen. Du kennſt alſo nicht weder dies Volk,
noch ſeinen König? Karl iſt von Natur edel-
müthig, rechtſchaffen, ein zärtlicher Freund;
er liebt die Wahrheit und hört ſie gern; in
jedem andern Lande ein angebeteter Monarch;
hier unaufhörlich verrathen, beſtändig verleum-
det; durch ungerechten Verdruß außer ſich gebracht; kühn in ſeinen Entwürfen, übermäßig
in ſeinen Wünſchen; dagegen wagt er auch
nicht das einmal Angefangene zu vollenden, iſt

schwach und zittert, wenn er gedrohet hat. — kurz, er ist so, daß es besser ist, ihn zu beleidigen, als ihm zu gefallen, und daß man seine Gunst weit mehr als seinen Zorn fürchtet. Und jenes unsinnige, stets vom Blut berauschte Volk, das sich mit seinen eignen Händen zerfleischt, das die Ausgelassenheit für Freyheit hält, das Spiel seines Senats, der es täuscht, oder unterdrückt; das Volk, das bey Empörungen, selbst zum Schaden seiner Ehrlichkeit, lieber tausend Tyrannen dient, als einen guten König liebt: schrecklich dem, der es fürchtet, kriechend vor dem, der ihm trotzet; unter Karls Regierung ein Unterdrücker und unter Heinrich dem Achten ein Sklave.

Sydney.

Ach! nur zu wahr! Aber anjetzt haben, glaube ich, die Engländer und ihr König ein gemeinschaftliches Interesse.

Die Gräfinn.

Und gerade dieser Zug bringt mich zur Verzweiflung, schildert noch besser den Charakter des Volks und des Königs. Sage mir, was ha-

ben Sohn in diesen letzten Zeiten gesehen? Karl
empfindet die Augenblicke von Ruhe, die man
ihm schuldig ist; will die Länder sehen, wo
seine Vorfahren herrschten, und den Schotti-
ländern den Erben ihrer Oberherren zeigen. Er
weiß sie unglücklich; er kommt, ihnen beyzu-
springen, — sein Auge sucht ihre Uebel auf;
sein Herz will sie heilen. Er sieht jene sanfte
und heilbringende Religion, die zum Trost der
Erde vom Himmel herabstieg, in traurigen,
heiligen Eifer umgeschaffen, wie sie die Gemüther erhitzt und die Herzen trennet. Er
sieht überall einen übermächtigen Adel, der mit
der Last seiner Gewalt die Schwachen zu Boden drückt; er sieht ein unglückliches Volk,
das zu gleicher Zeit den Menschen, der ihn
plagt, und den Gott, den man ihm schildert, fürchtet. Er will, daß seine Unterthanen im Schooße der Unschuld, die Gewalt
ihres Gottes und ihres Königs segnen. Durch
ein Gesetz beschränkt er die Unordnungen der
Großen; er verhilft; er ruft einen menschli-
chern Gottesdienst zurück, den sein Vater schon
in Schottland wieder eingeführt hatte. Er
kommt von Edinburg zurück, gesegnet, wie er

es verdient. Sogleich verlangt man das Gutachten der Prälaten. Eine Rathsversammlung, worin der tugendhafte Laud den Vorsitz hat, setzt im Namen des Königs seine fromme Unternehmung fort, alle seine Unterthanen zu einer und derselben Kirche zu vereinigen. Dieser trostvolle Gottesdienst, der nur zu lange vergessen war, wird endlich in Schottland Templin bekannt gemacht. Alles ändert sich in einem Augenblick; das Volk geräth in Wuths es empört, bewaffnet, opfert sich für jene lügenhaften Propheten auf, die sein Leben quälen, und bekriegt den König, der es glücklich machen will. Karl sieht sich genöthigt, eine Armee anzuwerben; aber er hält das Feuer, das sie beseelt, zurück — er zeigt Soldaten und verbietet ihnen zu agtens; er bietet das Verbrechen auf, und fürchtet es zu strafen. Man schließt einen Vertrag, die Rebellen brechen ihn. Er muß sich aufs neue bewaffnen; aber Karl fürchtet, diejenigen, die ihn betrügen, nur zu sicher zu treffen. Im Namen aller verschwornen Oberhäupter schlägt Loudon mit Unverschämtheit ein Bündniß vor, und er giebt den Schein, als wolle Macht

gegen Macht in Unterhandlung treten. Unsre
ruhrerische Unterthanen haben Gesandte! und
der Engländer! — —

Sydney.

Zweifeln Sie daran, daß so viele Abscheu=
lichkeiten nicht endlich seinen Zorn erregen wer=
den? Kühne Sektirer wünschen den Glauben
seiner Väter abzuschaffen. Ueberdies haben sie
ihn angefallen, und dadurch die ganze Nation
beleidigt.

Die Gräfinn.

Nein. Es sind Empörer; man nennt sie
unsre Brüder! Was sage ich? Die Englän=
der machen sich ihnen zinsbar; man hat sie
besoldet. Ein neues Parlament hat, vom er=
sten Tage an, seinen Eid verletzt. Wenn der
König ihm die Sorge seiner Rache übergiebt;
ist es im Einverständniß mit den Aufrührern.
Man versammelt sich, man verschwört sich,
und die Religion ist nur noch ein leerer Vor=
wand zum Aufruhr. Jetzt ist nur die Rede,
wer die Hand zuerst nach der Krone ausstre=
cken wird. Glaubst Du, daß, wenn man alle
Stützen des Throns in die Acht erklärt, daß

dahin Leslу in seinem Lager: und Pym und
sein Senat; Strafford, der Minister und Krieger ist, verzeihen werden? — Es fehlte dem
Bündniß ein Depytirter Irlands. Bellew
kommt, man nimmt ihn freundlich auf, man
verbürgt seine Forderung. Und unter diesen
Gefahren, unter diesen Komplotten soll mein
Herz ruhig seyn, verlangst Du? wenn ich in
der Armee einen schwärmerischen Dolch und
in London einen rechtsförmigen Mord fürchte?
Nein, nein, das heißt zu lange erwägen:
noch heute muß Strafford auf immer Armee
und Hof verlassen. Ich beschwöre ihn. Bar-
... ist Gatte und Vater; er wird gewiß
einer Gattinn, einer Mutter glauben. Wer er..
... ohne Glanz, aber auch ohne Gefahr leben; glücklich durch die Tugend, die man hier
bestraft. Ein vorsichtiger Vater, der ... ver-
gangner Nacht ... ist, wird bald zu
ihm kommen, und ihm meine Bitte überbrin-
gen. Unterdessen habe ich seine Freunde gesehen und ...; und ich weine Seite..
lauer seinen grausamen Feinden auf, höre ihre
Reden, beobachte ihr Gesicht. Sie werden
mich überall auf ihrem Wege antreffen. Ich

werde, erfahren, wer die Wuth des Volks rege macht, und wer das Herz des Königs wankend machen will. Ja, ich will heute die Königinn sehen; ich habe in ihren Blicken einigen Haß zu entdecken geglaubt, und will — —
— Aber wer kommt da schon vom Könige
heraus? Irre ich mich? —

Zweyter Auftritt.

Die Gräfinn Strafford. Sir George Wentworth. Sydney.

Die Gräfinn.

Ah! mein Bruder, sind Sie es? Was
macht Strafford?

Sir George.

Er ist mit Ruhm und Ehre bedeckt, Gnädige Frau, und ich habe den Auftrag, seinen
Sieg Ihnen zu melden.

Die Gräfinn.

O Himmel! Er hat eine Schlacht geliefert.
Ist er verwundet?

Sir George.

Nein, Gnädige Frau. Der Tod flog um

ihn her. Ich habe ihn gesehen, wie er seine getreuen Schaaren ins Treffen führte, ganz mit Blut bedeckt, aber mit Rebellenblute. Sie wissen nur zu gut, welches schimpfliche Schrecken bey Newburn Lesly den Sieg verschafft hatte. Unsere Krieger eilten nach York, um dort ihre Schande zu verbergen, als aus dem Innern Irlands der Graf zurückkam. Kameraden, sagte er, man muß den Schimpf abwaschen, den ein unglückliches Treffen unsrer Stirn aufdrückt. Ihr habt die Gesetze und das Vaterland, euren verkannten König und eure gebrandmarkte Ehre zu rächen. Er sprachs, und schon sein Anblick allein beseelt die Soldaten. Man glaubt den Schiedsrichter der Schlachten zu sehen und zu hören. Während der ersten Tage exerzirt er die Armee, und so bald er sie geübt sieht, sucht er den Feind auf. Ganz berauscht von einem glücklichen Erfolge, den er nicht zu hoffen wagte, glaubt Lesly, daß er sich überall nur zeigen dürfe. Er macht zwey Korps — eins derselben besetzt den eroberten Platz, und das andere soll irgend etwas Unternehmendes versuchen. Diese Reßelten ließen den unverschämten Stolz blicken, welchen ein unverdienter glücklicher Erfolg erweckt. Als fanatische Soldaten, als heuchlerische Sectirer baten sie um Frieden, indem sie ihre Brüder erwürgten; meinten demüthig ihren Monarchen zu bitten, und mit den Waffen in der Hand nannten sie sich unterwürfig. Strafford will sie überfallen, und der tapfre Smith und er lenken den von ihm ausgedachten Streich. Der Feind glaubte sich sehr fern von uns, als er uns von allen Seiten auf sich losbrechen sieht. Die erstaunten Rebellen setzen sich in Vertheidigungsstand — sie fühlen die Gegenwart unsers neuen Anführers. Ihre Wuth wächst dadurch, und ihre größte Macht richtet sich auf den Ort, wo Strafford stritt. Der Haß entflammt sie; sie nennen meinen Bruder, und sein oft wiederholter Name wird ihr Feldgeschrey. Die Ebne hallt davon wieder. Mein Bruder hört sie, und ruft mit donnernder Stimme und funkelndem Auge: Hier ist er, der Strafford, der eure Raserei sucht; laßt uns doch sehen, wer den meisten Muth besitzt — entweder der treue Krieger, der für seinen König streitet, oder der niederträchtige wider die Gesetze bewaffnete Mörder. Schnel-

ter, als er dies sprach, eilt er fort, verläßt
uns und stürzt sich in den dicksten Haufen der
Feinde. Ich habe ihn gesehen, wie er sich,
fast ganz allein, in ihren wankenden Reihen
von ihren dahingestreckten Leichnamen ein Boll
werk machte. Ach! unstreitig wachte der Him
mel über sein Leben. Unterdessen unterstützten
die Soldaten seine Hitze, die feindliche Fron
te weicht, und in demselben Augenblick fällt
ihnen Smith blitzschnell in die Flanke. Nun
wich die Raserey der Tapferkeit, und des Blut
bades müde, machen wir Halt, während daß
der in Unordnung gebrachte Schottländer, Heer
führer, Geschütz und Fahnen verläßt, und über
all flieht.

Die Gräfinn.

Zu erhabne Tapferkeit! zu unglückvoller
Sieg! O Himmel! Wie viel Gefahren ver
birgt so vieler Ruhm!

Sir George.

Wie? meine Schwester — — — —

Die Gräfinn.

Vollenden Sie, mein Bruder, und sagen
Sie mir, ob Strafford sich anschickt, zum
Könige zu kommen.

Sir

Sir George.

Nach geendigtem Treffen ruft er mich in sein Zelt. Geh zum Könige, sagte er, und überbringe ihm diese Neuigkeit. Sage ihm besonders, daß er meinem Herzen traue. Es ist nur etwas Geringes an Einem Orte, für Einen Tag, Sieger zu seyn. Der Schottländer ist geschlagen, wir müssen dafür sorgen, daß er nicht zu Athem komme, und bald nehme unter meinen Streichen die Verrätherey ein Ende. Aber für meinen König fürchte ich jene treulosen Rathgeber, welche man zu allen Zeiten seines Gleichen umringen sah. Man redet von Gesandschaften, von vorläufigen Unterhandlungen, wir bedürfen Armeen und nicht Kommissarien; einstens folge Güte auf Strenge; man bedaure den Schuldigen, nachdem man ihn gebändigt hat — Immerhin, aber ehe man ihn bedauert, drohe man ihm; der Anblick der Strafe gehe der Begnadigung zuvor Wenn Unterthanen ihre Treue gebrochen haben, so muß man sie als Soldat unterwerfen, und ihnen als König verzeihen. Also ruft Karl vergebens mich zu sich; ich gehorche ihm nicht, um ihm getreu zu bleiben; er wird mich eher nicht

wiederſehen, als bis ich in Schottland alle ſeine Feinde beſiegt habe.

Die Gräfinn.

Ach! Der Himmel erlaubt alſo, daß ich
einen Augenblick frey athmen darf: Er kommt
nicht!

Sir George.

Glauben Sie mir, ſein Herz ſeufzt darüber.
Mein Bruder, ſagte er zu mir, umarme meine Kinder; bringe meiner Eliſe meine feurig-
ſten Wünſche; ſage ihr, daß ich mich für den
König — für den Staat aufopfere, daß ich
aber bald als Sieger in ihre Arme zurückflie-
ge, und daß in kurzem — — —

Die Gräfinn.

Mein Bruder! ach! er komme nicht! überall würden ſich Abgründe unter ihm eröffnen.
O Himmel, der du in den Schlachten ſein Leben beſchützteſt, gieb nicht zu, daß es irgend
wo anders in Gefahr gerathe — — —

Sir George.

Gnädige Frau, welche Reden! Woher
dies Schrecken? Was für Gefahren ſind das;

wobey mein Herz schaudert? Mein Bru,
der — —. —

Die Gräfinn.

Ihr Bruder — wozu längeres Verstellen?
— Ihr Bruder hat von den Gefahren des
Krieges hundertmal weniger zu fürchten, als
von den elenden Feinden, deren niederträchti,
ge Komplotte insgeheim den Untergang eines
Helden anspinnen.

Sir George.

Wie? in seiner Abwesenheit? Was? selbst
sein Vaterland? Wenn er jeden Tag für daß,
selbe sein Leben bloß stellt? Ich weiß, daß
Kimbolton, Arundel, Say und Falkland ihn
haben stürzen wollen, um seine Stelle an sich
zu reißen, aber wer kann anjetzt? — —

Die Gräfinn.

Wer? Alle jene Schwärmer, die unglück,
lichen Anstifter aller öffentlichen Spaltungen
— jene mürrischen Puritaner, jene stolzen Un,
abhängigen, welche die Grundfeste der Königs,
lichen Würde untergraben; jenes neue Parle,
ment, die Schande des Reichs, das ihre Agen,

B 2

ten errichtet und mit ihrem Wahnsinn erfüllt
haben; jener Pym, der es beherrscht, ein un-
verschämter Plebejer, der jede Stütze Karls
und des Throns verabscheut, ein blutgieriger
hitziger Angeber, ein mordbrennerischer Redner, der England mit seinen wütenden Ausbrüchen in Brand setzen will; was soll ich Ihnen noch sagen? Alle jene Häupter der Parthey, Broufe, Olivier, St. Jean, Rudyard
Clotworthy, alle diejenigen, deren Keckheit nicht
bestraft wurde, ja selbst jener elende Bestwick,
stolz auf seine Schande, der im Tower einer
abscheulichen Schmähschrift wegen festgesetzt
war, und der sich wieder triumphirend öffentlich hat sehen lassen. Er hat sein schändliches
Herz behalten, wenn er gleich sein Gesicht ver-
ändert hat, und die Sprache der Tugenden,
die er verfolgt, im Munde führt. Doch da
ist er selbst, er kommt ganz sicher, um unsre
Geheimnisse zu erforschen und unsre Tritte
auszuspähen. Er nährt seine schändliche Seele mit Gift, und Honig wird seinem trügerischen Munde entfließen — doch wir wollen einige Augenblicke hindurch seine Reden anhören;
die Lüge verwirrt und verräth sich stets.

Dritter Auftritt.

Die Gräfinn Strafford. Sir George Wartworth. Bestwick.

Bestwick.

O wie schätzbar, Gnädige Frau, ist mir die unverhoffte Zusammenkunft, die mir erlaubt, meine Freude in Ihrer Gegenwart ausbrechen zu lassen; wie sehr segne ich die Güte des Himmels, die über Ihre Tage so viele Glückseligkeit verbreitet. Ihr ruhmwürdiger Gemahl hat seine Stirn mit dem schönsten Lorbeer, den die Siegesgöttinn ihm brach, umkränzt.

Die Gräfinn.

Wie? man weiß schon — — —

Bestwick.

Daß Mylord Sieger ist, daß sein großer Geist seiner Tapferkeit gleich kommt, daß die zerstreuten Truppen der Schottländer gleich bey seinem ersten Blick über den Haufen geworfen sind. Sie murren, sagt man, über ein Treffen, das er an demselben Tage, da man anderswo von einem Vertrage redete, lieferte.

Loudon untersteht sich in Leslys Namen darüber zu klagen, aber Mylord hat ja nichts
vom Geschrey der Besiegten zu befürchten. Er
hat dem Staate gedient, da er seinem Könige
diente, und das Interesse des Fürsten ist das
höchste Gesetz.

Sir George. (bey Seite)

Kaum kann ich meinen Zorn zurückhalten!

Die Gräfinn zu Bestwick.

Sie sind nicht immer diesem Grundsatze
gefolgt.

Bestwick.

Ach, Gnädige Frau, warum rufen Sie
einen Irrthum zurück, den mein Herz sich noch
täglich vorwirft. Mein obgleich spätes Ge-
ständniß desselben, der zu gerechte Zorn des
aufgebrachten Monarchen, meine Reue, meine
Fesseln hätten ihn abbüßen sollen, und verdienten wenigstens, daß man ihn der Vergessenheit
würdigte. Ich gehorchte ohne Zweifel nur zu
sehr einer unbesonnenen Jugend; ach! warum
besaß ich nicht des Grafen Strafford Weisheit! Wir wollen nur von ihm reden, Gnädi-

ge Frau. Sagen Sie mir, wird er nicht zurückkommen, wird er nicht beym Könige des glänzenden Triumphs genießen, den er durch seine Waffen davon getragen hat? Wie reizend würde für uns hier seine Gegenwart seyn!

Die Gräfinn (zu Sir George und halb laut.)

Sie erwarten ihn, mein Bruder, sie werden ihn hinrichten.

Sir George zu Bestwick.

Der Beweggrund dieses heißen Wunsches sey welcher er wolle, mein Bruder hat andere Sorgen, als die Erfüllung dieses Wunsches; er glaubt nichts gethan zu haben, so lange ihm noch etwas zu thun übrig ist, und um Ihnen die Zeit seiner Rückkehr zu bestimmen, warten Sie, bis man ihn in den Mauern von Edinburg gesehen hat. Dorthin will er marschiren, dort muß er ein Feuer auslöschen, das bis hieher um sich greifen zu wollen schien. Jenes rebellische Lager, jene aufrührerischen Fahnen verbreiten nur zu sehr vor sich ihre Ansteckung... Ich sehe, daß an mehr als einem Orte Aufruhr ausgesät ist, und daß man kei-

ner Armee so nähe bey London bedarf. Wenn
neue Treffen, wenn neues Kriegsglück den
Schottländer in seine Wohnungen zurückgeführt
haben; wenn der letzte Rebell die Waffen nie-
dergelegt haben wird: dann wird die Rückkehr
meines Bruders mehr Reiz haben; Sie werden derselben besser genießen, und man wird
das weit mehr fühlen, was man seinem Eifer,
so wie seinen Tugenden verdankt, und vielleicht wird endlich Englands Geschrey die Komplotte und den Haß zum Schweigen bringen.

Bestwick.

Daran erkennt man die großen Entwürfe
eines Helden. Glücklich sind die Könige, die
solche Generale in ihren Diensten haben! Aber
was höre ich so eben? Welche Seele sollte
schwarz genug seyn, Komplotte anzuspinnen,
deren Daseyn man sich zu glauben weigert.

Die Gräfinn. (ihn scharf ansehend)
Sie glauben nicht daran? — —

Bestwick.

Ich? Mich schaudert, daran zu denken.
Mylords Abwesenheit wird sich also verlän-

gern? Möchte doch der Allmächtige mein Ge=
bet erhören, und ihn mit seiner Hand auf sei=
ner edlen Laufbahn leiten! Wenn Thron und
Staat sich auf ihn stützen, so bedauern wir
ihn weniger — doch da kommt sein Stall=
meister.

Die Gräfinn.

Er ist's selbst! Großer Gott! Was wird
er uns melden?

Vierter Auftritt.

Die Vorigen. Edmund, Stallmeister des Grafen Strafford.

Edmund.

(indem er der Gräfinn einen Brief überreicht)

Dieser Brief — — —

Die Gräfinn ihn unterbrechend.

Schon gut, Edmund — Erwartet mich.

Fünfter Auftritt.

Die Vorigen ohne Edmund.

Die Gräfinn.

Ich öffne ihn mit Zittern. (sie liest) Him=
mel! o Himmel! was habe ich gelesen?

Sir George.

Was denn? Halten Sie an sich.

Die Gräfinn.

(indem sie Sir George den Brief übergiebt)

Ach! er ist verloren.

Bestwick.

(nähert sich der Gräfinn, die sich von ihm entfern-
te, um den Brief zu öffnen.)

Gnädige Frau, verzeihen Sie meinem zu
großen Eifer: aber dieser Brief enthält irgend
eine traurige Nachricht. Die Unruhe ihrer
Seele hat sich auch meines Herzens bemeistert.

Die Gräfinn.

(indem sie sich bemüht ruhig zu scheinen.)

Ich? unruhig?

Bestwick.

Ja, Gnädige Frau.

Sir George.

Kommen Sie, meine Schwester: länger
vermag ich nicht, ihn anzuhören.

(Zu Bestwick.)

Beehren Sie uns nicht mit einer so zärt-
lichen Theilnahme. Sie und Ihres Gleichen

haben nichts mit uns auszumachen. Nicht
mehr fern ist der Augenblick, der alles offenbaren wird. Glauben Sie mir: wünschen Sie,
daß man Sie dann vergesse. Richten Sie
Ihr Leben nach Ihren jetzigen Reden ein, und
bemühen Sie sich, daß der Himmel, der jeden
Betrüger haßt, weniger in ihrem Munde und
mehr in ihrem Herzen sey.

Sechster Auftritt.

Bestwick allein.

Geh nur! Ich halte mich jetzt zurück, um
mich desto besser zu rächen. Ich habe die Hoffnung, einst so viele Unverschämtheit zu bestrafen. Dann werde ich mich in einer andern
Gestalt zeigen. Ha! Pym...

Siebenter Auftritt.

Pym. Bestwick.

Pym.

Nun, Bestwick, was hast du herausbrin-
gen können?

Bestwick.

Ich habe sie beyde gesehen, ohne sie täu-

schen zu können. Vergebens wollte ich mich
in ihre Geheimnisse einschleichen; aber ein
Brief vom Grafen, der in meiner Gegenwart
gebracht wurde, hat in ihre Herzen und auf
ihre Stirnen Schrecken verbreitet. Dennoch
drohen sie, und das quält mich, daß Strafford als Sieger unsere Erwartung getäuscht
hat.

Pym.

Wie?

Bestwick.

Jetzt müssen wir auf seine Rückkehr Ver-
zicht thun.

Pym.

Nun wohl, Bestwick, und ich, ich komme
sie Dir anzukündigen. Er kommt —

Bestwick.

Wer?

Pym.

Er.

Bestwick.

Strafford? — —

Pym.

Kommt.

Beſtwick.

O Himmel! Aber wie iſt es möglich?

Pym.

Traue meiner Wachſamkeit. Mein ſtets
offenes Auge beobachtet ihn, folgt ihm. Jeden
ſeiner Schritte weiß ich. Er kommt, ſag' ich
Dir; und jene letzte Botſchaft, die ſo ſchnell
ihr Geſicht veränderte, meldete ihnen, glaube
mir, dieſe unglaublich traurige Rückkehr. In
einer Stunde iſt er in London, in zwey Stun-
den im Tower, dieſen Abend auf dem Schaffot oder — an unſrer Spitze. Seine Verbrechen ſind gefunden, der Beweis derſelben iſt
völlig bereit, die überläſtigen Zeugen ſind entfernt. Ratcliff, Bolton, Louther und Bramal
ſind verhaftet. Du, haſt Du etwas für uns
gethan?

Beſtwick.

Ich habe in der Dunkelheit der Nacht
überall unzählige Schmähſchriften ausgeſtreut.
Ich mahle darin unſern Feind mit den ſchwär-
zeſten Farben, zeige ſeine treuloſen Rathſchläge, ſeine zu Grunde richtenden Entwürfe, ſchil-
dere die heilige Religion zum Seufzen verur-

theilt, England in schimpflichen Fesseln; beleidigte Parlemente, herabgewürdigte Bürger, alle unsere Güter in Unordnung, alle unsere Rechte zernichtet. Ich beobachte gegen den König, den ich von ganzem Herzen verabscheue, diejenigen Ueberreste von Ehrfurcht, die man noch beybehalten muß. Ich beklage ihn, sage ihm, was man ihnen allen sagt, daß man ihn hintergeht, daß wir nur seine wahren Freunde sind. Auch habe ich den Unwillen der Königinn zu benutzen gewußt; ich vermehre in ihrem Herzen einen geheimen Haß; ich zeige ihr, wie täglich ihr Ansehen immer mehr abnimmt, und wie Buckingham im Strafford bald wieder aufleben wird; ich seufze über das Loos einer großen Fürstinn, welche Zutrauen und Liebe so sehr verdient; welche von ihrem Volke verehrt wird, und welche ihr verführter getäuschter Gemahl nach der Reihe elenden Günstlingen aufopfert. Kurz, ich habe aus meiner dreisten Feder, indem ich alles in Feuer und Flammen setze, alles das fließen lassen, was den König zittern, das Volk wütend, die Königinn unversöhnlich und Strafford gehässig machen muß.

Pym.

Gut, Du krönst unsre gerechten Maßre-
geln. Andere Agenten haben eben so sichere
Wege genommen. Strafford kann sich jetzt
immerhin in London zeigen — man erwartet
ihn. Jetzt ist die Stunde, zum Könige hin-
einzugehn; es ist Zeit, daß er uns sehe; und
endlich Englands, Schottlands und Irlands
Geschrey höre.

Beftwick.

Wenn Du mir folgen willst, so beschleu-
nige Deine großen Entwürfe.

Pym.

Sie sollen nicht schleichen — doch was fürchtest Du für sie?

Beftwick.

Ich bemerkte, daß unsre Entwürfe kein
Geheimniß mehr sind.

Pym.

Desto besser. Die Gefahr ist jetzt, sie zu
verschweigen. Ich kenne Strafford. Er ist
gefühlvoll, muthig, zuweilen erhaben, aber
stolz, heftig; er wird niemals seine Hitze zähmen können, und gewiß bald irgend eine Unvorsichtigkeit begehn. Dieser bedürfen wir,

denn ein Mann, wie er, findet schon in seinem Namen allein eine zu mächtige Stütze. Wenn er selbst mit eignen Händen seine Herrschaft vernichtet, so behaupte ich, daß er uns zu seinem Untergange selbst hilft. Was soll ich dir noch sagen? England, die Gemeinen, die Pairs, selbst des Königs Räthe sind auf meiner Seite, und dennoch stoße ich oft eine unwillkührliche Unruhe zurück. Jene uralte Ehrerbietung gegen einen großen Charakter, das Blut, das so oft für den Staat floß, das Interesse, das stets einen großen hingeopferten Mann begleitet; das Volk, das seine Tugenden und seine Verbrechen verläugnet, das grausam gegen seine Oberhäupter verfährt, und seine Schlachtopfer rächt; alle diese Gefahren, Freund, warnen mich wenigstens, die Frucht so vieler Bemühungen nicht aufs Spiel zu setzen. Zuweilen wünschte ich bey Eröffnung meiner Laufbahn damit anzufangen, ein weniger theures Haupt zu stürzen. Ich wünschte, daß Strafford, wenn er unter unsern Streichen erliegt und von seinem Könige verlassen ist, auf unsre Seite treten möchte. Sonst, in den Ausbrüchen eines unge-

ungerechten Zorns; hat man ihn die Volks,
parthey verlassen sehen; wenn er, von einem
andern Zorn fortgerissen, den König verlassen
und sich mit uns verbinden wollte; er möchte
nun meine Macht mit mir theilen oder ihr
dienen: so kann ich um meines glücklichen Er,
folgs willen, meine Rache vergessen. Straf,
ford kann uns noch im Grabe beunruhigen.
Ich möchte ihn lieber noch gewinnen als auf,
opfern. Da wir nach unsrer Willkühr den
Arm der Gerechtigkeit bewaffnen können, so
könnten wir dann den Erzbischof hinrichten
lassen. Er hat einen erhabenen Rang, sein
Name ist verhaßt, und wir würden, ohne die
Gemüther zu erbittern, etwas in die Augen
fallendes unternehmen. Doch dem sey wie ihm
wolle, Freund, keine Gefahr erschreckt mich,
und ich hasse den am meisten, der den Thron
am besten vertheidigt. Er muß also wählen,
und Strafford wird heute entweder das Opfer
oder die Stütze unserer Entwürfe seyn.

Ende des ersten Aufzugs.

Zweyter Aufzug.

Erster Auftritt.

Karl der Erste. Karleton, Staats-
sekretair.

(Das Theater stellt das Kabinet des Königs vor;
Karl sitzt am Schreibtisch und durchsicht
Depeschen. Karleton steht einige Schritte
hinter ihm.)

Karl.

Endlich ergiebt er sich also meiner Ungeduld.
Ha! er komme — auf ihn allein habe ich
mein ganzes Zutrauen gesetzt. Aber was mel-
bet er mir? Ueberall Verrätherenen! Undankbare, die ihr über meine Lage so viel Gift
ausgleßet, die ihr mich zu lieben fürchtet und
daher mich verkennen wollt, ich rufe den Himmel zum Zeugen an, der mich zu euerm Herrn

machte; er weiß es, ob meine Unterthanen nicht meine ersten Wünsche haben, und ob ich nicht euer Glück will. O Volk, tapfer und ruhig zu gleicher Zeit — schrecklich im Kriege und im Frieden gehorsam, o wie sehr beneide ich*) — — — — — — — —

— — — — — — — — — —

Karleton!

Karleton.

Gnädigster Herr.

Karl.

Ist Pym nicht hier?

Karleton.

Er erwartet den Augenblick einzutreten, so wie auch Loudon und der Gesandte aus Irland.

Karl.

Laß sie kommen. Gerechter Gott, gib, daß ihr Herz mich verstehe!

(Karleton geht ab.)

---

*) Es ist dem Verfasser unmöglich zu vollenden. Möchten doch die Franzosen einer Apostrophe würdig werden, die mit so tiefem Gefühl an sie gerichtet wurde, und die sie damals verdienten.

C 2

Zweyter Auftritt.

Karl. Pym. Loudon. Bellew.

Pym.

Im Namen des Englischen Völks, das durch meinen Mund redet, komme ich, Gnädigster Herr, zu Ihren Füßen, und flehe für die Gesetze desselben. So viel traurige Streitigkeiten, so viel grausame Eingriffe haben endlich Ihre treuen Gemeinen ermüdet. Die Krone hat ihre Rechte, aber auch das Volk hat die seinigen. Was sage ich? sie sind durch dieselben Bande vereinigt. Und wenn wir die Wahl unsrer Vorfahren bestätigen, und so wie sie einwilligen, uns Oberherren zu geben, so hängt unsre Unterwürfigkeit gegen ihr Ansehen von ihrer Achtung für unsre Freiheit ab. Von Ihnen, von Ihrem Herzen haben wir nichts zu befürchten, aber unter Ihrem Namen untersteht man sich, alles zu übertreten. Ich will Ihnen nicht Ihre gedrückten Völker schildern, nicht, wie die Unschuld verbannt ist oder in Fesseln schmachtet; ich will ihnen nichts von Auflagen, von Todesurtheilen, nichts von unumschränkten Rich-

tern sagen, noch von allen den Mißbräuchen
der Untertyrannen, und wie Rom und sein
Fanatismus über das Englische Volk, um das
Maaß der Uebel desselben zu häufen, ihre
Fackeln schwingen. Man hat Ihnen das
klägliche Bild davon entworfen. Es ist mir
zuwider, selbst den Namen Sklaverey aus,
zusprechen. Der Brittische Senat hat Ih,
nen nur zu sichre umständliche Berichte von
seinen zu langwierigen Beschwerden übergeben.
Ich habe von ihm den Auftrag zu einem an,
genehmern Geschäft, und komme jetzt, bey
meinem Könige den Frieden für England zu
suchen. Ich erwarte Ihre Antwort, und ge,
he ins Parlement, das, um sie von mir zu
hören, sich eben jetzt versammelt.

Loudon.

Und ich, Gnädigster Herr, fordere, hier zu
Ihren Füßen, Rache, nicht wegen eines blo,
ßen Mißbrauchs oder einer bloßen Beleidi,
gung, sondern der himmelschreiendsten aller
Frevelthaten, Verrätherey und Meuchelmords
wegen. Das ist also jener uns dargebotene
Friede, jener lügenhafte, gottlose, blutige Frie

be! So war dies ein Fallstrick, worin man
uns lockte! Wir unterwarfen uns, Gnädigster
Herr, und man erwürgte uns! O Natur! o
Vaterland! Und du Gott unsrer Väter! Dein
Auge hat alle meine unglücklichen Brüder umkommen gesehen! Als Apostel deines Dienstes
und als Märtyrer der Gesetze, sind sie jetzt
gewiß alle bey dir; aber wird ihr Blut vergebens auf der Erde schreien? Ehe ich dies
aushalte, gehe lieber England zu Grunde!
Herr, dergleichen Frevelthaten sind Ihrem
Herzen fern; aber ein unfruchtbarer Abscheu
ist hier nicht genug; nur durch Strafen, die
den Verbrechen gleich sind, kann man diesen
großen Schlachtopfern genügen; wir bedürfen
ein eben so schnelles als in die Augen fallendes Beyspiel; Schottland fordert und erwartet es.

Bellew.

Auch Irland, seit langer Zeit unter ein
drückendes Joch niedergebeugt, beklagt sich,
und will erhört werden. Man hat uns, Gnädigster Herr, als ein besiegtes Volk behandelt; man hat unsre Güter geplündert, unsre

Freiheiten verrathen. Wir wollen doch einmal
wissen, welchen Namen man uns gibt, aber
es sey nun welcher es wolle, den man hier
vorzieht: sind wir Besiegte, so können wir
uns rächen; sind wir Unterthanen, so muß
man uns beschützen.

Karl.

Ich entschuldige die Unbedachtsamkeit Eurer dreisten Reden. Wer für mein Volk redet,
erhält meine Nachsicht. Dies sage ich Euch,
wie heilig mir die Rechte desselben sind. Ich
kenne - die Mißbräuche; Ihr übertreibt sie.
Welche sie auch seyn mögen, wir wollen langwierigen Unglücksfällen zuvorkommen.

(er nimmt von seinem Schreibtisch ein Papier, das er Pym gibt.)

Pym, hier meine Antwort auf die Klagen
der Gemeinen. Vielleicht habe ich dabey zu
wenig das zu Rathe gezogen, was ein Monarch seinem Ansehen schuldig ist; aber ver-
dammt sey der Fürst, welcher, trunken von
seiner Macht, weniger Liebe und mehr Gehorsam wählt. Ich werde jene gehässigen Auflagen widerrufen, ich werde die gefürchteten

Tribunäle aufheben. Ich bestätige die Dauer
des neuen Palaments; sie sey den Bedürfnis-
sen des Staats angemessen, und von nun an
sollen dreyjährige Rathsversammlungen die
Rechte des Volks schützen und den Uebeln
desselben zuvorkommen. Ich will noch mehr
thun; ich willige ein, daß Eure Kammern die
Glieder meines Raths sollen abhören können:
sie werden sich darüber nicht beklagen, und
Ihr werdet dadurch noch besser urtheilen können, wie rein ihr Eifer, wie tugendhaft ihr
Herz ist. Für die Religion fürchtet nichts;
ich entferne die Eingriffe von Rom und Genf,
und werde den reinen und feierlichen Gottesdienst aufrecht erhalten, der, ohne die Menschen herabzusetzen, den Ewigen ehrt.

Loudon ich habe über meinen Sieg Thränen vergossen; aber denkst Du nicht mehr an
Newburn? Ihr empfanget den Lohn Euer ei-
genen Lehren. Ihr überfielet Conway, Strafford hat Euch überfallen. Ihr habt zuerst
das Schwert gezogen; und bis jetzt hatten
wir keinen Waffenstillstand. Jetzt nimmt er
seinen Anfang (er nimmt die Feder) ich unter-
zeichne ihn als Sieger; (er unterschreibt den

Vertrag) ich widerstehe der Macht und gebe meinem Herzen nach, (er übergiebt Loudon den unterzeichneten Waffenstillstand); eilet mit dem Parlement den Frieden zu schließen, der die Wunde des Staats heilen soll. Tragt Eure Wünsche vor, traut meinem gegebenen Worte, seyd gehorsame Unterthanen, und ich werde ein guter König seyn.

Wie Bellew? habe ich Euch so eben hier gehört? Woher diese mir so unbegreifliche Veränderung? Wie, noch so eben segnetet Ihr und Euer Parlement meine Gesetze und meine Regierung, Ihr stellet mir das schöne Bild des öffentlichen Glücks vor, und habt mir durch eine Bill Eure Huldigung gewidmet. Glaube ich Euren Schriften, so sehe ich erkenntliche Unterthanen — glaube ich Euren Reden, so seyd Ihr seufzende Sklaven. Ihr werdet mich ohne Zweifel lehren, in dies Geheimniß einzudringen. Durch ein schimpfliches Vergessen Eures Charakters, habt Ihr Euch dem Englischen Parlement unterworfen. Noch ist keine Eurer Beschwerden mir übergeben worden; das tiefste Geheimniß bedeckt Eure Versammlungen. Wenn Eure Kla-

gen mir endlich offenbart seyn werden, so werdet Ihr wissen, was Ihr von Euch und von
Eurer Lage denken sollt, Ihr werdet urtheilen, welche Rechte ich ausüben will. Wenn
Ihr mich gerecht und gut sehet, so werdet
Ihr es auch werden, und Ihr werdet einsehen, daß es vielleicht besser wäre, Eurem Könige Licht zu geben, als Eures Gleichen anzu-
flehen.

  (indem er sich an alle drey wendet)
Wir alle, König, Volk, Parlement, laßt
uns aufhören Nebenbuhler zu seyn; das Glück
Aller sey unser einziges Bestreben. Ein Geist
beseele uns, denn es giebt nur Ein Vaterland.
Ach, wenn dieser geheiligte Name in Euren
Herzen wiederhallt, wenn das Vaterland an
Euch wahre Vertheidiger hat, so glaubt mir
wenigstens, daß es mir auch theuer ist. Ihr
seyd die Kinder, aber ich bin der Vater desselben, und man mag sagen was man will,
zweifelt nicht, es giebt weniger tyrannische
Väter, als es undankbare Kinder giebt.

    Pym.

Meine Freunde, laßt uns dem König un-

aufhörlich danken. Aber je mehr wir seine
natürliche Güte schätzen, desto mehr müssen
wir jene verrätherischen Köpfe hassen, welche,
als treulose Verderber so vieler Tugend, dem
Könige seine Wohlthätigkeit, dem Volke sein
Glück und den Gesetzen ihr Daseyn haben ent=
reißen wollen. Noch eine Wohlthat bleibt
uns zu wünschen übrig, die einzige, Herr,
die uns auf immer beruhigen kann. So viel
Aufrichtigkeit ehrt Sie ohne Zweifel; aber
wer Sie hintergangen hat, kann Sie noch
hintergehen. Man kennt die Urheber eines
abscheulichen Vorhabens, welches die Güte
des besten Königs überrascht hat. Sie sind
um Sie herum, sie umgeben den Thron, ein
jeder von ihnen hüllt sich in einen ehrwürdi=
gen Titel, besonders einer von ihnen, welchen
die Gesetze — — — —

Karl.

Haltet ein. Was habt Ihr vor? Ihr seyd
es, Ihr bewaffnet Euch mit meiner leicht zu
lenkenden Güte, und erhebt Euer unfolgsames
Haupt wider die Gesetze. Wie? Euer König
kann also nichts ohne Euch unternehmen? Ich

kann nicht über die Geheimnisse meines Herzens schalten? Nehmt Euch in Acht, versehtt Euch nicht bey der neuen Aufopferung, die meine Wohlthätigkeit, nicht meine Gerechtigkeit gemacht hat. Mußte man auch einigen Mißbräuchen sich widersetzen, so heißt doch nicht einen Staat umstürzen, ihn umändern. Aber, was höre ich?

(Man hört einen großen Lärm und verwirrtes Geschrey, das im Schlosse wiederhallt.)

Dritter Auftritt.

Die Vorigen. Karleton.

Karl.

Ist ers?

Karleton.

Der Graf selbst.

Pym (eilfertig.)

Ich habe den höchsten Willen meines Königs erhalten; ich eile ins Parlement, ihm Rechenschaft zu geben — — —

Karl. (mit Ansehen)

Bleibt.

Pym (zu Bellew bey Seite.)

Bellew, während daß ich hier aufgehalten werde, geh, eile, und erfülle alles mit Furcht und Schrecken. Verkündige in meinem Namen eine große Unternehmung, die Rückkehr des Grafen und die Reden des Königs. Die Thür sey verschlossen und öffne sich nur mir.

Vierter Auftritt.

Die Vorigen außer Bellew. Der Graf Strafford. Die Gräfinn Strafford. Sir George Wentworth. Offiziere, Gefangene, Gefolge.

(Der Graf Strafford tritt ein, vor ihm her gehen die vornehmsten Offiziere, die ihn begleitet haben, die Fahnen, die er von den Rebellen erobert, und die Gefangenen, die er gemacht hat. Alle stellen sich zu beyden Seiten des Theaters, und der Graf Strafford erscheint in kriegerischer Kleidung zwischen seiner Gemahlinn und seinem Bruder, welche beyde zurückbleiben, als er sich dem Könige nähert.)

Karl.

Komm, Freund Deines Königs, Du Ehre Deines Vaterlandes! und bringe Ruhe in meine gerührte Seele. Du Vertheidiger meiner Rechte, Du Stütze meiner Staaten, Weiser in Deinen Rathschlägen, Held in den Treffen, komm und trage noch einen Sieg über den Neid davon. Wie gern betrachte ich diese Zeichen Deines Ruhms!

Strafford.

Legen Sie, Gnädigster Herr, meinen Thaten weniger Werth bey. Wenn ich für Sie streite, muß ich siegen. Erlauben Sie, daß alle diese Anführer, die Ihre Huldigung mit mir vereinigen, zu Ihren Füßen den Preis ihrer Tapferkeit niederlegen.

(Die Offiziere überreichen dem Könige und neigen vor ihm die von den Rebellen eroberten Fahnen.)

Noch wage ich es, Ihnen diese Krieger vorzustellen, welche das Loos der Schlacht zu meinen Gefangenen gemacht hat. So lange sie bewaffnet waren, forderte ich die Rache gegen sie auf; da ich sie gefangen sehe, flehe ich um

Gnade für fie. Aber, Gnädigster Herr, verzei=
hen Sie meinem Unwillen. Welcher böse Geist
beseelt diese Nation? Wie? durch mich trium=
phirten die Waffen ihres Fürsten; ich verjage
einen Feind und rette eine Provinz: und da
ich glaube, dankbare Herzen zu finden, werde
ich mit drohendem Geschrey empfangen! Man
sollte sagen, daß mein Arm Verheerung an
diejenigen Oerter selbst gebracht habe, die durch
ihn vor der Plünderung gesichert wurden.
Blinde Werkzeuge des ersten des besten Auf=
rührers, der eure Seele empört und eure Augen
verblendet, nur indem man euch hintergeht,
fesselt man euch, Undankbare, und derjenige,
der euch dient, erhält nur euren Haß.

Pym.

Oft ist das Geschrey des Volks eine Lehre
für die Großen. Vergebens verbergen sie sich
unter glänzenden Außenseiten. Jeder glückli=
che Erfolg ist abscheulich, der nicht gesetzmä=
ßig ist, und man haßt den Sieger, wenn man
sein Schlachtopfer beklagt.

Strafford.

Dies erwartete ich; — Pym muß so re=

ben, und ich zweifle auch nicht, daß Saville
und Kimbolton, wenn sie hier wären, dieselbe
Sprache führen würden. — — — Zu gehöri-
ger Zeit werde ich mehr davon sagen. Dann
wird man einsehen lernen, ob das Volk wirk-
lich von mir Beleidigungen und von euch
Wohlthaten empfing, und wem man eigentlich
sträfliche heimliche Verständnisse Schuld geben
muß, dem Verderber oder dem Unterstützer
der Rebellen.

Loudon.

Rebellen! Seht, das verdanken wir ihm!
Er gab uns alle diese unwürdigen Namen —
man hatte sie verbannt; Ihr Mund selbst,
Gnädigster Herr, hatte diese gehässige Lästerung
widerrufen. Aber, so bald er wieder erscheint,
werden sie wieder hervorkommen. Durch alles, was ich sehe, fühle ich mich zerrissen . . .
Israel ist gefangen! das unreine Babylon wagt
es, seinen Thron auf den Trümmern des Tem-
pels zu erheben; die Fahne Zions wird in den
Koth geschleppt. Herr, hören Sie auf das
Geschrey eines unglücklichen Volks. Diejenigen sind Rebellen, deren mörderische Hand
eine

eine Scheidewand zwischen dem Thron und uns aufrichtet; das sind die Rebellen, die das Gesetz über den Haufen werfen, und beyde gegen einander, den König und das Volk bewaffnen; diejenigen, welche, um besser den Schooß ihres Vaterlandes zu zerreißen, die Wuth fremder Soldaten anrufen.

Strafford. (heftig)

Ihr habt es gesagt. Gnädigster Herr, sie haben sich selbst gerichtet. Sehen Sie selbst, woher uns die fremden Soldaten kommen werden.

(Er übergiebt dem Könige einen Brief.)

Karl.

(liest die Ueberschrift des Briefes)

An den König! Also an mich ist dieser Brief?

Strafford.

Nein, Gnädigster Herr. Diese Unterthanen, so voller Zärtlichkeit für Sie, so eifersüchtig auf Treue und Ehre, haben, um sie zu beschützen, einen andern König als Sie. Lesen Sie nur.

Erster Theil.   D

Loudon. (zu Pym)

Was will er sagen?

Pym. (zu Loudon)

Bietet dem Ungewitter Trotz. Wir wollen es bald auf sein Haupt zurückfallen laſſen.

Karl. (ließt den Brief mit lauter Stimme)

Sire, wir flehen um Ihre edelmüthige Hülfe. Vergeſſen Sie nicht ein achthundertjähriges Bündniß, und daß man in glücklichern Zeiten Schottland und Frankreich unter einem einzigen Könige ſah — — — Noch ſind unſre Entwürfe uns nur allein bekannt. Colvil und Richelieu werden Sie davon benachrichtigen können; das Volk kennt ſie nicht, wenn es ſich gleich dahin lenken läßt, aber wir haben es dahin gebracht, daſſelbe zu beherrſchen. Die Freyheit wird für uns leuchten, wenn Ihre Soldaten uns unterſtützen.

Rothes. Montroſe. Lesly. Marre. Montgomery. Loudon.

Man führe ihn nach dem Tower.

Loudon.

Ungeachtet meines Charakters! trotz des Waffenſtillſtandes in meinen Händen!

Strafford. (mit heftigem Erstaunen)
Waffenstillstand!

Karl.

Verwegner! Dir kommt es auch zu, über Untreue zu schreien. Mit andern als Du bist, werde ich den Vertrag halten. Alle diese unglücklichen Schlachtopfer Deiner geheimen Komplotte, die ich hier sehe, haben keinen Theil an Deinem Verbrechen; ich spreche sie alle frey; Du, geh ins Gefängniß, und erwarte dort, daß die Geseze Deine Verrätherey richten. Wachen, gehorcht. Ihr könnt alle gehen, Du, mein theurer Strafford, bleib.

Pym.
(Zu Londen während daß man ihn fortführt.)

Ein Wort sey genug — ich eile ins Parlement.

Die Gräfinn. (zum Grafen Strafford.)

In diesen grausamen Augenblicken, Strafford, opfere nicht Deine Gattinn und Deine Kinder auf.

———

Fünfter Auftritt.

Karl. Strafford.

Karl.

Hätte ich so viel Treulosigkeit wohl erwarten können!

Strafford.

Sie verdienten sie nicht, und dadurch haben Sie dieselben dreist gemacht, Gnädigster Herr. Ich habe aber noch ganz andere Geheimnisse herausgebracht.

Karl.

Wie, sollen noch neue Streiche mich treffen?

Strafford.

Ach, daß ich nicht die ruchlosen heimlichen Verständnisse dieser schändlichen Komplotte auf immer Ihren Augen entziehen kann! Aber, Gnädigster Herr, indem Sie unsern neuen Senat zusammen beriefen, erwarteten Sie von demselben die Ruhe des Staats; Sie hofften, daß Ihre getreuen Engländer ihren König an den rebellischen Schottländern rächen würden. Nicht wahr, Gnädigster Herr, dies haben Sie geglaubt?

Karl.

Ganz gewiß. Nun?

Strafford.

Ach! Erfahren Sie jetzt die schwärzeste aller Frevelthaten. Diejenigen, welche ohne Unterlaß den Aufruhr beseelt haben, diejenigen, die die Armee der Schottländer herbey gerufen haben, diese niederträchtigen Uebertreter ihres ersten Eides, diese Verräther — —

Karl.

Wer sind Sie?

Strafford.

Die Oberhäupter des Parlements.

Karl.

O Himmel!

Strafford.

Jener Pym, dessen Kühnheit ich so eben hier gesehen habe, der, wenn er Sie verräth, Ihnen trotzt und mir droht. In der Kammer der Pairs Saville und seiner Freunde. Ich habe ihre Verträge aufgefangen; Sie werden sie erhalten. Glücklich bin ich, Ihnen noch, wenn meine Pflicht mich fern von Ihnen ruft, dieses Unterpfand meines Eifers zu geben.

Karl.

Fern von mir! Nein, Strafford, Du verlässest mich nicht mehr. Ich will sie durch viele Tugenden zähmen. Sie verletzen ihre Treue, aber die meinige ist mir heilig. Hier, an dieser Stätte, im Augenblick wurde ihnen der Friede zugesichert; also giebt es für Deine Tapferkeit keine Schlachten mehr.

Strafford.

Und die Armee und den Hof werde ich nicht wiedersehen.

Karl.

Was höre ich? O schrecklicher Streich! — er bringt mich zur Verzweiflung. Strafford, ist es denn wahr?

Strafford.

Ich bin Gatte und Vater, Gnädigster Herr. Ich vergaß dies, so lange ich Ihnen zu dienen glaubte; nun, da ich nichts mehr für Sie thun kann, muß ich mich daran erinnern.

Karl.

Ha! wer vermag mehr als Du! Wie kann
für die Natur die zärtlichste Freundschaft eine
Beleidigung seyn? Deine Kinder sind die meinigen. Zweifelst Du an meinem Herzen? Verlange Wohlthaten — fordre Gunstbezeigungen — — —

Strafford.

Ach, wenn Sie geglaubt haben, daß ich
darnach trachten könnte, so nehmen Sie alle
Ihre Geschenke wieder; ich bin bereit, sie zu-
rückzugeben. Hat man mich eifersüchtig auf
Ihre Wohlthaten gesehen? Habe ich sie von
Ihnen für andere als für Sie gefordert?
Nein, Gnädigster Herr; es gab niemals eine
zärtlichere Ergebenheit. Glücklich, Ihnen zu
dienen, glücklich, Sie zu vertheidigen, widme-
te ich Ihnen mein Leben, und könnte ich doch
selbst in diesem Augenblick es nützlich für meinen König verlieren! Aber ich sollte, ohne den
geringsten Vortheil für Sie und für mein Vaterland, den Busen einer geliebten Gattinn
zerreißen? Ich sollte selbst ihre Hoffnung und
die meinige, unsere unglücklichen Kinder ver-

zehrenden Wölfen Preis geben? Ich sollte das
Gemurmel der süßesten Gefühle ersticken, und
zu gleicher Zeit Liebe und Natur aufopfern?
Ich sollte jene morden, wenn sie den Abgrund
unter meinen Schritten schließen wollen, und
Ihnen, Gnädigster Herr, doch nichts nützen?

Karl.

Du nützest mir nicht, Du, die Stütze meiner Krone? Wenn meine Seele sich allen Deinen Rathschlägen überläßt?

Strafford. (heftig)

Sie fordern dieselben von mir, und befol-
gen sie nicht. Sie trotzen meinen Rathschlägen, Sie fesseln meinen Arm. Wenn Sie
einen heilsamen Rath hätten annehmen wollen, so würden Sie jetzt England zu Ihren
Füßen sehen, und mein triumphirender König,
der beruhigte Staat und die unterworfenen
Rebellen würden mich gerechtfertigt haben;
aber durch Ihre Schwachheit, für uns beyde
gleich unglücklich, entwischt mir der Sieg, und
der Haß bleibt mir. Was haben wir beyde
gethan, als die Schottländer Ihre Wohlthaten mit Rebellion bezahlt haben? Schon rief

ich sie als Verräther in Irland aus, während
daß sie, weniger als Unterthanen, denn als
Oberherren, mit Ihnen sprachen. Schon hatte ich sie aus Irland vertrieben, als sie von
Ihnen kaum bedroht wurden. Endlich überfallen sie Conway auf der Grenze — sie nehmen eine ganze Provinz ein. Ich komme an,
liefre ein Treffen, siege, und sehe, daß man
ihnen Frieden verspricht, wenn ich ihnen Gesetze vorschreibe. Ich eile herbey, es zu verhindern, und der Vertrag ist unterzeichnet.
Ich verhehle es nicht, ich bin unwillig darüber. Laßen Sie in Frieden meine traurigen
Tage dahin fließen, nur zu viel Kummer wird
noch den Lauf derselben stören. Den Glanz
der Größe bedaure ich nicht, aber ich werde in
meine Einsamkeit meine Liebe gegen Sie und
die schreckliche Verzweiflung mit mir nehmen,
alle die Uebel zu fühlen, die über Sie aus-
strömen werden.

Karl.

Ja, eile, befreie Dich von meinem lästigen
Anblick; fliehe einen König, der überall Unglück verbreitet. Ich bin sehr unglücklich! Ein

Freund blieb mir übrig, und, wenn ich meinem Herzen glaube, — mein Herz verdiente ihn. Ich freuete mich wenigstens, am Rande des Abgrundes durch ihn von den listigen Nachstellungen des Verbrechens gerettet zu seyn. Aber er hat mir nur eine traurige Hülfe geleistet. Er rettete mich auf einen Augenblick, und richtete mich auf immer zu Grunde. Nun wohl — ich will Dir noch neue Waffen wider mich in die Hand geben. Nein, Du kennest noch nicht meine äußerste Unvorsichtigkeit.

Strafford.

Was haben Sie gethan, Gnädigster Herr?

Karl.

Hier — — — in diesem Augenblick — — Ach! ich sehe nur zu spät den Fallstrick, der meiner wartet. Ich habe mir das Recht untersagt, sie aufzuheben.

Strafford.

Großer Gott!

Karl.

Von allen Seiten sehe ich den Blitzstrahl

niederschlagen . . . . mein ganzer Rath kann
von ihnen abgehört werden; ich habe es erlaubt . . . Strafford, fliehe! ich, ich verlange
es. Du fürchtest für Deine Kinder! Ich bin
wie Du, Vater; ich liebe meine Kinder, ich
bete ihre Muter an. König, Vater, Gatte,
Freund, alles ist für mich verloren. — — —
Wer wird diesem trostlosen Herzen den Todesstreich geben? . . . . Ach dies ganze rebellische Volk falle über mich her; jene Franzosen mögen kommen, die seine Wuth herbey-
ruft. . . Ich gehe . . . .

Strafford.

Halten Sie ein, Gnädigster Herr. Ich
habe Ihren Gunstbezeigungen widerstanden,
aber ich vermag nicht dem Uebermaß Ihrer
Schmerzen zu widerstehen. Hier bin ich, befehlen Sie, ich will alles unternehmen. Ach
konnte mein Herz sich gegen Sie vertheidigen?

Karl.

Nein, laß mich zu Grunde gehen.

Strafford.

Lassen Sie mich Sie rächen.

Karl.

Ich habe mein Schicksal verdient.

Strafford.

Ich will es mit Ihnen theilen.

Karl.

Siehe alle jene Feinde.

Strafford.

Ich werde ihrer Wuth trotzen.

Karl.

Dein Weib!

Strafford.

Sie hat mein Herz — sie wird meinen Muth haben.

Karl.

Deine unglücklichen Kinder!

Strafford.

Sie sind geschaffen wie ich, zur Vertheidigung ihres Königs zu leben und zu sterben. Noch ist nicht Verzweiflung unser Loos. Ich eile ins Parlement, und werde dort alle die geheiligten Namen ertönen lassen, die man zu verrathen wagt. Zu viel Beweise offenbaren endlich das Verbrechen, und nur der Strafbare allein muß das Schlachtopfer werden.

Karl.

O Liebe! o Tugend! Strafford, o mein Retter!

Strafford.

Bewilligen Sie mir, Gnädigster Herr, eine einzige Gunst.

Karl.

Eine Gunst? Befiehl.

Strafford.

Nun wohl! Ich beschwöre Sie bey diesem so rechtschaffenen Geist, bey dieser so reinen Seele, bey allen Ihren Tugenden, bey allen Ihren Banden beschwöre ich Sie: trennen Sie Ihre Entwürfe nicht mehr von den meinigen; zeigen Sie die von jetzt an so nothwendige Festigkeit; seyn Sie gelinde gegen die Guten, aber strenge gegen die Bösen.

Karl.

Mein Freund, auf immer überlasse ich mich Dir!

Strafford.

Selbst mit Gefahr meines Lebens werde ich meinem Könige dienen.

Karl.

Sie sollen Dir nicht ein Haar aus Deinem Haupte reißen. Erinnere Dich dieses Worts beym stärksten Ungewitter. Lebe wohl; komm zurück und benachrichtige mich, und traue Schwüren, die ich noch durch diese Umarmungen heilige.

(Der König umarmt Strafford, der sich auf Karls Hand wirft und sie mit ehrfurchtsvoller Zärtlichkeit küßt.)

Sechster Auftritt.

Strafford (allein.)

Seine Klagen haben mir das Herz zerrissen — ich habe sie nicht anhören können. Ach! mein Schicksal, ich sehe es, soll von dem Seinigen abhangen. Doch wenn er seine Schwüre hält, wenn er heute, die einzige von allen Tugenden, die er noch nicht hat, erlangt, welches vollkommnere Muster von Königen

und Freunden giebt es dann noch? Fort, die
Zeit ist kostbar, und seine Sache ruft mich.

Siebenter Auftritt.

Strafford. Die Gräfinn.

Die Gräfinn.

Wohin, Unglücklicher?

Strafford.

Woher dies Schrecken?

Die Gräfinn.

Du hast nur noch einen Augenblick; folge mir.

Strafford.

Wie?

Die Gräfinn.

Folge mir; es betrifft Dein Leben und das
meinige; Du weißt, daß ich Dir im Tode
folgen werde.

Strafford.

Was für ein neuer Sturm, meine Elise?

Die Gräfinn.

Jeder Augenblick, den Du verlierst, gräbt

unser Grab. Du sollst alles erfahren, aber
komm nur.

Strafford.

Ich bitte, erkläre Dich.

Die Gräfinn.

Bey jedem Worte fühle ich mein Blut er,
starren. Wisse also, daß in diesem Augenblick
Pym Dich angeklagt hat. Seine wütenden
Ausbrüche haben in seiner Versammlung alles
in Flammen zu setzen gewußt. Der edle Falk,
land, der Dich haßt, aber schätzt, hat im
Ranken der Gesetze vergebens nach Deinem
Verbrechen gefragt. Ein tausendfaches Geschrey hat dies Geschrey der Tugend übertönt.
Er ist schnell herausgegangen, und hat mir
alles entdeckt. Ich hatte nur zu gut den
Streich, der Dich mordet, vorhergesehen.
Seit länger als drey Monaten arbeitet man
heimlich an Deinem Untergange. Wer Dich
lieben oder Dir dienen konnte, leidet schon
Dein Schicksal, oder wird es doch leiden. Kurz,
in diesem Augenblick, dem letzten, der Dir
noch übrig ist, den Du ach! für uns beyde
so unglücklich, traurig machen willst, hinter-
bringt

bringt Pym als Abgeordneter an die Pairs im Namen des Englischen Volks mit großem Geschrey Deine vorgeblichen Schandthaten, und unter dem abscheulichen Namen von Unterdrü, cker und Verräther, will er Dich sogleich heute vorfordern laſſen.

Strafford.

Nun wohl, ich eile dahin.

Die Gräfinn.

Wohin denn?

Strafford.

In die Verſammlung der Pairs.

Die Gräfinn.

O Himmel! Was willſt Du von ihnen fordern?

Strafford.

Feſſeln. Ich werde daſelbſt mein Haupt mit meiner Unſchuld zeigen, noch einmal das Intereſſe des Königs vertheidigen, die Betrü, gerey zernichten, und dem Geſetze zeigen, wen ſein Arm treffen ſoll, Pym oder mich.

Die Gräfinn.

Ha! wenn das Verbrechen richtet, wozu

nützt die Unschuld? Wenn sie Dich auch anhören, glaube mir, es geschieht des äussern
Anstands wegen. Ihre Herzen sind besto-
chen — ihre Urtheitssprüche sind vorgeschrie-
ben; alle tugendhafte Richter werden entfernt
seyn. Ich beschwöre Dich, komm, laß uns
an einem andern Ufer erwarten, daß die Zeit
das Ungewitter vertreibe.

Strafford.

Ich! ich sollte mich so weit herabwürdi-
gen, ihnen zu gleichen! Sie sollten das Vergnügen genießen, mich zittern gemacht zu haben? Nein, nein, ich werde nicht mein Gewissen verrathen. Ich habe mehr Zutrauen zu
den Gesetzen meines Vaterlandes. Früh oder
spät huldigt das Verbrechen den Tugenden.

Die Gräfinn.

Ja, Du wirst triumphiren, wenn Du
nicht mehr seyn wirst.

Strafford.

Und der König? — — —

Die Gräfinn.

Hast Du ihn nicht kennen gelernt? Wie?
dieser Fürst — — — —

Strafford.

Elise, ehre Deinen Oberherrn, schone meines Freundes — das Loos ist geworfen. Rede mir von Pflicht und Treue vor; alles übrige beleidigt mich, und ich kann es nicht anhören. Siehe, wir sind durch die zärtlichste Liebe vereinigt, aber der Tugend kommt es zu, die Banden derselben fester zu knüpfen. Mein Herz, indem es Dich betrübt, ist des Deinigen würdiger. Komm; ich gehe muthvoll ins Parlement, und nur indem man ihm Trotz bietet, zerstreut sich das Ungewitter.

Die Gräfinn.

Ach! ich folge Dir. Wenigstens sollst Du Dein Weib nicht hindern, Dich überall zu begleiten.

Ende des zweyten Aufzugs.

Dritter Aufzug.

(Das Theater stellt einen Saal zu Westmünster
vor, der zum Prozeß eines Pairs eingerichtet
ist. Im Grunde ist der Thron, der einige
Stufen erhöht ist und einen Thronhimmel
hat; auf der Bekleidung desselben ist das
Wappen von England. Vor dem Throne
und auf einer niedern Stufe, ist der Staats-
Sitz des Groß-Seneschalls der Krone. Zur
rechten und linken die Sitze für die Pairs. —
Auf der rechten Seite des Zuschauers und
am Rande der Scene ist ein schwarzer Arm-
stuhl für den Angeklagten, und ein schwarzes
Kissen am Fuße des Lehnstuhls. Geradezu
auf der linken Seite, steht eine Bank für
die Deputirten der Gemeinen, und mehrere
andere fürs Publikum. Im Grunde des Theaters im Winkel auf der rechten Seite ist eine
breite Treppe, unter einem alten sehr hohen
Gewölbe.)

Erster Auftritt.

Die Gräfinn Strafford. Sydney.

Die Gräfinn.

Nein, ich höre nichts. O Verrätherey! o Verbrechen! Sie haben ihn in Ketten geworfen! Seine hohe Ergebung hat die Grausamkeit dieser Tyrannen nicht beugen können. Man behandelt ihn als einen niederträchtigen Missethäter. Eine elende Comité, stolz auf das Recht, das sie sich anmaßt, begegnet ihm schon verächtlich in seinem Gefängnisse, und verhört ihn. Bald werden alle Pairs sie hören; bald wird er hier an diesem gefürchteten Orte erscheinen, wo der Irrthum so oft das Uebergewicht hatte, und wo so oft das Verbrechen die Unschuld mordete.

Sydney.

Fliehen Sie ihn also, Gnädige Frau, und erbittern Sie nicht noch mehr die wüthenden Gemüther dieser Aufrührer.

Die Gräfinn.

Ich? fliehen? Nein, Sydney, nein: ich will sie hier erwarten.

Sydney.

Was haben Sie vor, und was wollen Sie wagen?

Die Gräfinn.

Ich weiß nicht: aber kurz, die Grausamen sollen mich sehen. Richter, Ankläger, Zeugen, alle sollen mich hören. Und die Thränen einer Gattinn, das Geschrey einer Mutter, seine Rechte, meine Verzweifelung, unsre Kinder, mein Elend; alles dies wird vielleicht in diese verkehrten Gemüther in diese niedergeschlagenen Herzen einen Ueberrest von Tugend zurückrufen.

Zweyter Auftritt.

Die Vorigen. Sir George Wentworth.

Sir George.

Ich suche Sie, meine Schwester; eilen Sie zur Königinn.

Die Gräfinn.

Eher will ich sterben, mein Bruder, ehe man mich hier fortbringt. Ich erwarte Strafford hier.

Sir George.

Hüten Sie Sich, Gnädige Frau, vor einer
unbesonnenen Heftigkeit. Lassen Sie hier meinen Bruder unter dem Schutz seiner Unschuld.
Der König unternimmt öffentlich seine Vertheidigung; aber man hintergeht die Königinn,
man setzt sie in Furcht, man erbittert sie, und
Sie kennen ihre Gewalt über das Herz des
Königs. Gehen Sie zu ihr; Ihr Gemahl
selbst verlangt es. Ich soll mich auf sein Ge-
heiß zu den Anführern der Armee begeben.
Geben Sie, so wie ich, meine Schwester, seinen Wünschen nach.

Die Gräfinn.

Waren seine Wünsche nicht stets für mich
Gesetz? Nun wohl, ich gehorche, und fliege,
wohin sein Befehl mich ruft. Aber bald komme ich, meiner Pflicht getreu, zurück, werfe
mich in seine Arme, mache sein Schicksal zu
dem meinigen, vertheidige sein Leben oder sterbe mit ihm. — O Himmel, schon erblicke ich
die Ungeheuer — sie kommen!

Dritter Auftritt.
Die Vorigen. Beſtwick. Bellew.

Die Gräfinn.

Euch verlangt wohl ſehr, Grauſame! nach
dem Anfang Eurer wüthenden Ausbrüche.
Heuchleriſcher Beſtwick, deſſen verſtellte Sanft-
muth in mein Herz, um es zu verrathen, eindringen wollte, das ſind alſo jene Schwüre —
das iſt alſo jener ſchöne Eifer, womit Du
kurz vorher Straffords Vertheidigung übernehmen wollteſt?

Beſtwick.

Billig muß mich dieſe Anrede in Erſtau-
nen ſetzen. Dieſer mein Eifer, Gnädige Frau,
wurde mit Schimpf und Verachtung belohnt,
und ich könnte einige Rache genießen, aber der
Himmel ſelbſt lehrte mich, Beleidigungen zu
verzeihen. Eine andere Sorge reißt mich fort,
und unterjocht meine Treue. Mylord iſt der
Verrätherey gegen den König angeklagt. Dieſer geheiligte Name ſagt alles. Ich gehöre
meinem Oberherrn an; ich ſehe einen Feind, ſo
bald ich einen Verräther ſehe; ich verabſcheue
ſein Verbrechen, und beklage Ihr Unglück.

Die Gräfinn.

Großer Gott! du hörst es.

Sir George.

Laſſen Sie dieſen Betrüger; er verdient keine Antwort; man muß ihn verachten, ihn fliehen und ihn beſchämen.

Vierter Auftritt.

Beſtwick. Bellew.

Bellew.

Welcher unbändige Stolz!

Beſtwick.

Er iſt ſeinem Ende nahe. Dieſe ſo glänzenden Geſtirne nähern ſich ihrem Untergange. O wie langſam ſchleicht dieſer Tag für meine Rache!

Bellew.

Wenn jedoch der König ſeine Gewalt zeigte? Niemals, ſagt man, hat man ihn aufgebrachter geſehen.

Beſtwick.

Nein, Bellew. Alles iſt vorbey, ſo bald er gedroht hat.

Bellew.

Doch jenes Projekt, das wir erfahren sollen; jener große Streich, den er vor hat, und der uns in Erstaunen setzen soll. Ist Pym davon unterrichtet?

Bestwick.

Wir werden es erfahren. Pym denkt jetzt darauf, unsre Hoffnung zu erfüllen. Er läßt sich von den Projekten, die der Graf der Rathsversammlung überreicht hat, von derselben selbst Rechenschaft geben, und indem er seine Gewalt, über jeden Minister verbreitet, legt er dem Könige ein Joch auf, das er nicht vorherzusehen gewußt hat. Doch ich höre seine Stimme.

Fünfter Auftritt.

Die Vorigen. Pym, von den Deputirten als Ankläger, und von einem Haufen Aufrührer, begleitet.

Pym.

Kommt, Ihr Rächer des Vaterlandes, unterstützt meine Bemühungen wider die Tyran-

ney. Dort will ich vor Euren Augen den ge-
fährlichsten von allen denen, die Euch unterdrückten, niederschmettern. Die Gesetze würden vielleicht zu andern Zeiten ein Mistrauen
in die Richter setzen, die Ihr bald werdet erscheinen sehen. Doch dieser Thron, dieser Bal-
dachin, diese prächtige Zurüstung ist noch noth-
wendig, aber nicht mehr gefährlich; und wenn
auch die verwegene Gunst von seines Gleichen es versuchte, ihn der Strenge der Gesetze entziehen zu wollen, so weiß ich, durch welche Mittel man ihnen zuvorkommen kann.
Hat das Volk gelitten, so kommt auch demselben die Bestrafung zu.

(Die Deputirten als Ankläger nehmen ihre
Stellen ein. Das Volk füllt die Gallerien,
Pym tritt vor mit Bestwick und Bellew.
Der übrige Theil dieses Auftritts ist eine
halbleise Unterredung zwischen diesen drey
Oberhäuptern.)

Pym (zu Bestwick.)

Nun? Die Pairs, welche wir fürchten?

Bestwick.

Die Liste derselben ist angefertigt, und es

allen öffentlichen Plätzen angeschlagen; und,
um noch mehr zu sagen, als übelgesinnte
Bürger, so habe ich sie alle mit dem Namen der Anhänger Straffords bezeichnet. Die
Königinn?

Pym.

Dient uns, und schon hat ihr wankelmü-
thiger unentschlossener Gemahl die Anfälle ihrer Befürchtungen empfunden.

Bellew. (zu Pym)

Weißt Du, was der König so eben be-
schlossen hat.

Pym.

O ja — das ist ein bloßer Fallstrick, und
dieser Rath kommt von mir. Jetzt weiter
nichts geschont; Wuth! Drohungen! Unser
glücklicher Erfolg hängt hier von unsrer Kühnheit ab. Doch da kommen die Pairs.

(Sie setzen sich zu den andern Deputirten.)

Sechster Auftritt.

Die Vorigen. Die Gemeinen. Die Pairs. Der Groß=Seneschall der Krone.

(Die Gemeinen treten durch eine Gallerie herein und füllen ihr Amphitheater, in dessen Mitte eine erhabene Bühne für den Redner der Kammer ist, der in der Staatskleidung er= scheint.)

(Die Pairs treten in Prozession ein; vor ihnen her gehen ihre Thürsteher, welche die gewöhnlichen mit Silber beschlagenen Stöcke tragen. Die zwölf Ober=Richter eröffnen den Zug in ihren Scharlachröcken, Hermelinkap= pen und ihren goldenen Ketten. Darauf kom= men die Pairs; sie gehen je zwey und zwey in Zeremonienkleidung, und ein jeder hält die Krone, die seiner Würde zukommt. Je nach= dem sie vor dem Thron vorbeygehen, stehen sie still, und neigen sich mit edler Ehrfurcht vor dem königlichen Sitz. Den Zug beschließt der Groß=Seneschall der Krone; vor ihm her und hinter ihm gehen Offiziere, Waffen= herolde u. s. w. Ein Jeder nimmt seine Stel= le ein; die Pairs auf der rechten und linken

Seite; die zwölf Ober-Richter an einem
Schreibtisch in der Mitte des Saals; und
der Groß-Seneschall auf seinen Staats-Sitz
unterhalb des Throns. Alle Pairs bedecken
sich.)

Der Groß-Seneschall.

Mylords, Sie haben gehört, was der Graf
unsern Deputirten geantwortet hat. Es ist
uns nur noch ein letztes Geschäft übrig. Fern
sey von unsern Urtheilen jenes dunkle Geheimniß, das für den Verbrecher, aber nicht
für den Richter gemacht ist. Wer mit Gerechtigkeit richtet, der instruirt öffentlich den
Prozeß. (Zu den Volksbühnen.) Ihr Bürger,
höret so wie wir, in Stille die letzte Vertheidigung eines unglücklichen Lords an; und
wenn Jemand für ihn seine Stimme erheben
will, so rede er, und sey der Begünstigung der
Gesetze versichert. (Zum ersten Thürsteher, der
die schwarze Ruthe hält.) Man führe den Grafen herbey.

Bellew. (zu Bestwick, halb leise)

Hast Du dafür gesorgt, diesen Pair in
das Verzeichniß einzuschreiben?

Beſtwick. (eben ſo zu Bellew)
Dieſen wirſt Du zuerſt in die Acht erklärt ſehen.

(Der Thürſteher iſt hinausgegangen, den Grafen zu holen, und eine große Stille herrſcht
einige Minuten im Saale.)

Siebenter Auftritt.

Die Vorigen. Der Graf Strafford. Gefolge.

(Durch die Treppe, die im Grunde des Theaters
im Winkel zur Rechten iſt, ſieht man den
Grafen Strafford und ſein Gefolge herabſtei-
gen. Er iſt in Trauerkleidung mit den Ehrenzeichen des Ordens vom blauen Hoſenbande.
Nach dem Thürſteher der Obern Kammer,
unmittelbar vor dem Angeklagten geht der
Nachrichter mit dem Beile, deſſen Schneide
nach außen zu gekehrt iſt, auf der Schulter.
Dem Grafen zur Seite geht der Lieutenant
des Towers, hinter ihm alle ſeine Hausbe-
dienten in Trauerkleidern. Wachen beſetzen
die Treppe, an deren Fuß das ganze Gefolge
ſtill ſteht. Der Graf allein mit dem Lieutenant des Towers tritt in den Saal. Der
Thürſteher führt ihn hinter der Bank der
Pairs zu dem ſchwarzen Lehnſtuhl, der für ihn

am Rande des Theaters zur Rechten bereitet
ist, und stellt sich mit dem Lieutenant des
Towers hinter diesen Lehnstuhl. Der Graf
kniet auf das schwarze Kissen nieder. Der
Groß-Seneschall giebt ihm ein Zeichen auf-
zustehen: er steht auf, neigt sich gegen die
Pairs, die ihn wieder grüßen, und setzt sich.

Der Groß-Seneschall.

Lord Graf Strafford, wir fühlen Ihre
Schmerzen, und im Begriff über Sie zu richten, vergießen wir Thränen. Noch hoffen wir,
daß sich das Volk täuscht. Das Volk klagt
Sie des Hochverraths an — — — —

Strafford.

Was? das Volk?

Pym.

Ja, das Volk ist Ihr Ankläger; Sie waren der Tyrann, ich bin der Rächer desselben.

Der Groß-Seneschall (zu Pym mit Ernst)

Der Lord redet — Sie warten.

(Zu Strafford mit Gefühl.)

Reden Sie, Mylord, unsre Herzen sind
bereit, Sie zu hören. Belastet mit dem Joche
einer strengen Pflicht, ist unser einziger Wunsch,
Sie unschuldig zu finden.

Straf-

Strafford.

Sie werden mir gestehen, Mylords, daß ich nicht glauben konnte, daß ein schimpfliches Gefängniß auf einen Sieg folgen, und daß man es wagen würde, mich des Verraths anzuklagen, wenn ich mich für Euch dem Tode bloß stellte. Ein Trost bleibt mir in meinem Unglück wenigstens übrig: ich segne unsre Vorfahren und die Güte des Himmels, welche mir in diesem Ungewitter einen Hafen bereitete, indem sie Euch allein zu Herren meines Schicksals machten. Kein Pfeil kann mich erreichen, wenn er von Euch geworfen wird. Meine Richter sind meine Pairs, und ich darf nicht den geheimen Neid und das so niedrige Vergnügen fürchten, denjenigen zu demüthigen, dem man nicht gleich kommt. Mylords, mich, mich nennt man einen Verräther? Wenn ich mich ja durch einige Tugenden kenntlich gemacht habe, so habe ich geglaubt, daß es durch meine Treue, durch meine Liebe für den König und durch meine unerschütterliche Rechtschaffenheit geschehen wäre. Erwarten Sie nicht, daß ich hier auf alle jene nichtigen Be-

Erster Theil.   F

schwerden noch einmal antworten werde, die ich schon zu Schanden gemacht habe.

(Indem er auf die Zeugen hinweist, die neben den Anklägern sitzen.)

Jene Zeugen, deren Räubereyen ich einst bestraft habe, dieser Haufen von Verbannten, Niederträchtigen und Meuchelmördern würde zu stolz werden, wenn sich meine Gedanken zum zweytenmale so weit erniedrigen könnten, sich mit ihnen zu beschäftigen. Eine werthere und meiner würdigere Sorge beseelt mich. Mylords, ich will zu den Engländern von ihrem Könige reden! . . . . ein Fürst, gewiß der zärtlichsten Liebe würdig, wenn man nur auf Wahrheit hören will. Man beleidigt sein Herz; man schildert seine Entwürfe mit den schwärzesten Farben; man verfolgt seine Freunde, und hintergeht seine Unterthanen. Volk, das du mich hörst — stolzes gefühlvolles Volk! der König liebt dich, den man dir als so schrecklich schildert. Ach, um besser einzusehen, ob seine Regierung gelinde ist; um dein Loos zu beurtheilen, blicke um dich herum. Von Norden bis Süden steht Europa in Flammen. Frankreich richtet sich selbst zu

Grunde. Es hat seine Ernten, seine Schätze, seine Soldaten, alles zusammen durch zwanzigjährige Schlachten in den Abgrund stürzen gesehen. Das Reich und Italien, beyde ihrer Oberhäupter ungewiß, schwimmen im Blute und sind voller Verräther. Das gedemüthigte Spanien hat alle seine Schiffe von den Flammen verzehrt, vom Meere verschlungen gesehen. Moskowiter, Dänen, Deutsche, Schweden, Holländer, Sieger oder Besiegte, Tyrannen oder Sklaven, von Krieg oder Aufruhr bedrängt, scheinen alle ein Opfer der Zerstörung zu seyn; und unterdessen sammelt der Engländer im tiefsten Frieden den Tribut der alten und der neuen Welt; seine gefürchteten Schiffe beherrschen die Meere; er erhält alles Gold des Erdbodens; prächtige Städte, fruchtbare Gefilde, alle Künste beschützt, alle Talente nützlich, der reinste Gottesdienst, die ehrwürdigsten Geistlichen; ein Thron, wo die Tugend über unser Schicksal entscheidet; von innen Glück, Friede und Ueberfluß, von außen aller Glanz einer großen Macht; Engländer, dies alles verdankt ihr eurem Könige. Sagt, was bedürft ihr noch mehr, um zufrieden zu

ſehn? Die Betrügerey greift mich an, und
ich biete ihr Trotz; der Name des Herrn, dem
ich diene, rechtfertigt mich. — Und welche Thaten, Mylords, will man allen dieſen Wohlthaten, die ich ſo eben geſchildert habe, entge-
genſetzen? Einige unſichere Gerüchte, einige
flüchtige Irrthümer, welche die Lüge erfin-
det, oder doch wenigſtens übertreibt, irgend
ein Befehl, der noch mehr nützlich als ſtreng
iſt, wider geringe und gefährliche Bürger. Ich
weiß nicht, welcher Cromwell, der gern aus
ſeinem Vaterlande die arbeitſamen Arme und die
Betriebſamkeit nach andern Ländern hinbrin-
gen will, überraſcht in dem Vorhaben, das er
leck entwarf, an den Ufern zurückgehalten, die
er ſchändlich verlaſſen wollte; von dem es vielleicht beſſer geweſen wäre, wenn man ihn mit
ſeiner ganzen ſchändlichen Horde aufs Ungefähr den Wellen Preis gegeben hätte. — — —

Pym.

Sie ſehen, Mylords, die beſchimpfende
Verachtung, womit er das Volk, das ihm zu-
hört, zu belegen wagt. Urtheilen Sie ſelbſt,
was derjenige, mit Gewalt verſehen, gethan

hat, der in Fesseln so vielen Uebermuth zeigt. Geringe Bürger! Ich war es einst; in der Dunkelheit unterrichtete ich mich, die Gesetze zu vertheidigen, und der erste Augenblick, da man mich hervortreten sah, hat mich hinlänglich fürs Wohl des Staats bekannt gemacht. Andre werden mir nachahmen! Vielleicht wurde dieser Cromwell vom Himmel selbst zur Rettung der Engländer ausgezeichnet. Er sey, wer er wolle, er ist Mensch, er ist Engländer; dieser doppelte Titel hat ihn zum unumschränkten Schiedsrichter seines Schicksals gemacht. Das Vaterland hat über uns nur das einzige Recht der Wohlthaten, und ich klage den Staat an, wenn er seine Unterthanen zu Grunde richtet. Und wozu nützen uns jener erlogene Friede, jene gefährlichen Künste und jener nur kurze Zeit dauernde Luxus? Um unsre Herzen zu unterjochen, entnervt man unsre Arme. Engländer, erwachet, eilt in die Schlachten, auf! trotzet dem Tode und erntet Ruhm ein. Aber die Freyheit sey die Folge unsers Sieges; und wenn alle unsre Tyrannen zu Boden geworfen seyn werden, dann mögen wir immerhin

unſre Schätze verlieren! Wir wollen unſre alten Tugenden wieder annehmen. Unter einem
ländlichen Dache beglückt und ruhig, laßt uns
zwar nicht mehr Palläſte, aber doch ſichere Zu-
fluchtsörter haben. In ſeiner Wohnung muß
ein Engliſcher Bürger nicht die Streiche irgend einer menſchlichen Macht fürchten; der
unverletzbare Umfang ſeines Heerds darf nur
allein die Züchtigungen des Himmels befürchten; die Winde können ihn öffnen; der Blitz
kann daſelbſt einſchlagen; aber der Befehl eines
Königs darf nie dahin eindringen. Long, Ho-
bart, Eliot, jene Parlaments-Oberhäupter,
die ſich mit Recht widerſpänſtig gegen unge-
rechte Auflagen bezeigten, die aus dem Schooß
ihrer Familien ohne Mitleiden in die Kerker
geſchleppt wurden, die ſeine Feindſchaft grub;
ſind dieſe — — — —

Strafford.

Ich danke dir, o Himmel! wegen ihrer
Thorheit. Mylords, ich war abweſend.

Pym.

Was ſchadet ſeine Abweſenheit? durch ſeine Rathſchläge gegenwärtig, gegenwärtig durch

das Gift, womit er die Vernunft eines von
Natur gerechten Fürsten ansteckte, bewirkte er,
in der Ferne, so wie in der Nähe, unsern Untergang. Wenn Schottland in Flammen steht;
wenn Irland öde und verlassen ist; wenn England seine Brüder, seine Nachbaren zu Soldaten umgeschaffen, seine Gränzen überfallen
gesehen hat; so ist er es — — —

Strafford.

Ich?

Pym.

Sie.

Strafford.

Ich hätte durch einen gottlosen Vertrag
aus Schottland eine feindliche Armee kommen lassen! — —

Pym.

Mylords, er wird eine Fabel von einem
Vertrage ersinnen. Eben so verläumdete er
unsre Treue, und erfüllte seine Heere mit Haß
und Unruhe. Er sagt: ich habe die Schottländer die Waffen ergreifen lassen! ich habe
bey York ihre Wuth entflammt! Und

meine Mitschuldigen, Mylords, nimmt er aus Ihrer Mitte. Dies muß man von einem angeklagten Verbrecher erwarten; er klagt wiederum an, da er sich nicht vertheidigen kann. Zeigen Sie doch jenen Vertrag, den Sie aufgefangen haben; stellen Sie einige Zeugen auf, legen Sie Schriften vor.

Strafford.

Himmel, durch so viel Keckheit werden sie mich noch verwirren! Mylords, ich bin ein Gefangener, ich kann Ihnen nicht antworten. Meine Freunde, so wie ich, liegen in Ketten und Banden, man hat sich meiner Papiere bemächtigt — meine Zeugen bey Seite geschafft. So ist die großmüthige Tugend jener erhabenen Menschen beschaffen. Als immerwährende Verläumder der gesetzmäßigen Macht, wollen sie uns mit ihrem elenden Despotismus beschimpfen; diese Bewahrer des Gesetzes wissen sich von demselben loszumachen, und diese dienstfertigen Rächer der Freyheit, sind die unerträglichsten von allen Tyrannen. Nun wohl, da sie die Straflosigkeit an sich zu reißen gewußt haben; da sie mir Freun-

de, Zeugen, Schriften, kurz alles genommen
haben — — — (er entblößt seine Brust) so
mögen sie mir auch diese rühmlichen Narben,
diese vielfältigen Bürgen meiner zahlreichen
Dienste abstreiten; mögen sie immerhin aus
dem Schatze des Staats alle meine Güter
rauben, die ich in denselben für meine Mit-
bürger gebracht habe. Möchte England immer
so verrathen werden! — Ja, ich habe Irland
gereinigt, und ich bin stolz darauf. Ich habe
Raub, Unterdrückung, heuchlerischen Eifer und
Aufruhr daraus verbannt; aber ich habe die
Sitten der Einwohner desselben verfeinert und
ihre Betriebsamkeit rege gemacht. Der Irländer kennet jetzt ein Vaterland; er ist nicht
mehr ein Haufen herumirrender Wilden, der
von seinem Tyrannen in das Innere seiner
Waldungen getrieben wird. Er nimmt unsre
Gesetze, unsre heilbringende Lehren an; er
stellt seine Hafen wieder her, und macht seine
Ländereien urbar. Seine Tapferkeit gebraucht
er jetzt für seinen König; kurz, er ist gleich-
sam neugeboren, und vielleicht begrübe er sich
ohne mich, als Sklave, der von seinem
Adel gequält wird, unter seine eignen

Ruinen! — — Schottland war aufrührisch:
man mußte es bändigen. Unaufhörlich höre
ich um mich herum alle jene ehrwürdige Namen: Gesetz, Despotismus; der Himmel und seine Güte; Rom und sein Fanatismus! wiederhallen. Ach für die Rechte des Volks und für die Freyheit desselben,
hat gewiß niemand mehr als ich die Wahrheit hören lassen. Niemand hat durch mäch-
tigere Bande diese Gewalt, die wir ehren und
fürchten müssen, einschränken gewollt. Aber
als ich in allen diesen Eiferern weit weniger
Bürger als Verschworne entdeckte, wie der
eine seine erkünstelte Neigung für Gold feil
hatte, und nur von Tugend schwatzte, um
seine Laster zu verkaufen, wie der andre nach
Ehrenstellen begierig, die er nicht verdiente,
die Hand bestrafen wollte, die ihn von denselben entfernen mußte, als ich das verführte
Volk sah, das man auf dem Pfade des Verbrechens von Abgrund zu Abgrund ins Unglück
führt; da mußte ich schaudern, da bewaffnete
ich mich für den in Gefahr schwebenden Staat,
für den unterdrückten Thron, für die Aufrechthaltung der Stärke unsrer beschützenden Ge-

ſetze, und um das Volk den wüthenden Volks-
ausbrüchen zu entreißen. Und wie? jene in
Edimburg zerſtreute Chriſten, jene verbannte
Magiſträte, jene umgeſtürzten Altäre, jene
Prieſter, die mit dem Steinpflaſter ihrer Tem-
pel geſteinigt wurden; ſind das Beyſpiele der
Gelindigkeit und des Friedens? Und wenn
ein gütiger König ohne Zwang den reinen öffentlichen Gottesdienſt erhalten will, ſo zeigt
man ihn uns, wie er mit Gewaltthätigkeiten
bewaffnet, und mit dem Schwert in der Hand
die Gewiſſen beunruhigt! Der verrathene Monarch, der ſich zu rächen fürchtet, wird als
ein Tyrann geſchildert, der uns erwürgen
will, und man beklagt die undankbaren Unterthanen dieſes gutmüthigen Königs, die zur
Belohnung ſeiner Wohlthaten, ihm den Krieg
ankündigen! .... Nun wohl! ich, ich habe
ſie bekriegt; ich habe ſie alle ihm unterwerfen
wollen. Ich habe dies der Rathsverſammlung, dem Volke, ich habe es dem ganzen
England geſagt — und Himmel und Erde
zu Zeugen genommen. Dies waren überall
und zu allen Zeiten mein Herz, meine Hand-
lungen, meine Reden, und ich erwarte, daß

alle jene Angeber, die mein Leben forbern, darin nur das Geringste von Treulosigkeit entdecken.

Pym.

Ha Mylords, hüten Sie Sich vor dem Fallstrick, den er Ihnen legt. Seine Verrätherey ist nicht das Werk eines Augenblicks. Man muß hier die augenscheinliche Gewißheit des Verbrechens darthun; man muß den Abgrund seiner Absichten genau untersuchen. Wenn er dem Staate diente, so geschah es, um ihn zu übergeben; wenn er dem Könige diente, so war es, um ihn irre zu führen. Der äußere Schein, der sein Betragen ziert, sey welcher er wolle, um die Sache richtig zu beurtheilen, muß man die Folge davon sehen, man muß die Verkettung aller Thatsachen unter sich fassen, und aus allen nur eine einzige Begebenheit bilden. Jede That, allein genommen, ist vielleicht unschuldig — und wenn man sie zusammen vereinigt, entdeckt man den Verräther.

Strafford.

Wo sind wir Mylords? der erstaunte

Geift vermag kaum so viel Verkehrtheit zu
begreifen. Wer wird wohl die Zügel des
Staats führen wollen, wenn unter so vielen
Bemühungen von Neid und Haß, das Verbrechen oder die Tugend vom Erfolge abhän-
gen? wenn man alle Thatsachen unter einander mengt, um sie desto besser zu verfälschen?
Wenn Verwegenheit und Betrügerey selbst
bis im Innersten der Herzen Frevelthaten er-
schaffen, wofür die Natur schaudert? wenn
der getäuschte Eifer, wenn selbst Irrthümer (ich
spreche mich nicht davon frey; es ist großen
Herzen eigen, sie zu gestehen, wenn andre
sie leugnen,) wenn selbst Irrthümer, welche
die Verläumdung in dem trügerischen Gewe-
be eines höllischen Ganzen vereinigt, sich plötzlich in ein Hauptverbrechen verwandeln?
Welcher Senat, welcher Tyrann, welcher wüthende Dämon erzeugte unter uns diese gottlose Chimäre? Wo bricht das Feuer, das in
dem Abgrunde der Zeiten versteckt ist, hervor,
um Strafford und seine unglücklichen Kinder
zu verschlingen? Meine Kinder! ... Ach!
Mylords, lassen Sie mich dieses Bild entfernen. Ich fühle bey diesem Worte meinen

Muth nur zu sehr wanken. . . . Sie selbst . .
ich sehe Sie im Begriff gerührt zu werden,
und ich will Sie überzeugen — nicht rüh-
ren. . . . .

Pym.

Mylords, die Zeit ist kostbar: ich habe
nur ein Wort zu sagen. Auch ich fühle die
ganze Gewalt der Natur: aber mit welchem
Rechte will denn ein erschreckter Verräther
uns für seine Nachkommen erweichen; er, dessen Tyranney von Alter zu Alter über unsre
Urenkel noch hat Sklaverey verbreiten wollen!
Er, der den Thron besudelte, die Gesetze em-
pörte und das reine Blut unsrer Könige in
Gefahr zu bringen wagte! . . . Ihr schaudert,
Mylords; und gewiß, man muß es. Fühlet
selbst, was es mich kostet, so zu Euch zu sprechen. Aber das Volk, endlich länger zu dul-
den müde, droht die Schranken der Pflicht
zu übertreten; unsre Klugheit hält es noch
mit Mühe zurück. Wir richten seinen Haß
auf den Urheber seiner Uebel; wir zeigen ihm
das Gesetz fühlbar gegen seine Schmerzen,
und bereit das Blut zu vergießen, das alle

feine Unglücksfälle bewirkte. Wenn man an⸗
jetzt unſre Wünſche und ſeine Rache hinter⸗
geht, wenn man glaubt, die Beleidigung noch
höher aufſuchen zu müſſen, kurz, wenn die⸗
ſer Lord länger lebt . . . . O Gott, der Du
mich hörſt, wende fern von uns ſo vieles
Elend; erhalte den Kindern unſrer Könige ihr
Erbe. Ihr Loos ſey nicht Schande und Ver⸗
bannung . . . . Ihr verſteht mich, Mylords;
Euch kommt es zu, zu beurtheilen, ob derje⸗
nige, der uns dieſer fürchterlichen Gefahr aus⸗
ſetzt, das Recht habe, ſich von Treuloſigkeit
frey zu ſprechen; ob er gekonnt hat, ohne ſei⸗
ne Pflicht, ohne ſein Vaterland, ohne ſeinen
Fürſten zu verrathen. — — — —

Achter Auftritt.

Die Vorigen; die Bekleidung des Throns öffnet ſich, und

Karl (erſcheint, indem er ſagt:)
Nein, Mylords, er hat mich nicht verrathen.
(Alle ſtehen auf.)

Strafford. (bey Seite)
Der König! o Himmel!

Pym. (zu seinen Kollegen)

Ich triumphire!

Karl sitzend auf dem Thron.

Er hat mir nur gehorcht. Strafford ist das Muster eines redlichen Dieners. Stets war er mir, so wie dem Staate getreu, und sollte sich auch mein ganzes Volk wider ihn verbinden, so werde ich, von seiner Tugend überzeugt, seine Stütze seyn. Aber mein zerrissenes Herz denkt auf ein Opfer, das vielleicht so viele Ungerechtigkeit endlich stillen wird; der beleidigte, der verkannte Strafford hat mich an dem heutigen Tage um die Erlaubniß gebeten, seine Stelle nieder zu legen und meinen Hof zu verlassen. Das Bedürfniß meines Herzens hat mich grausam gemacht. Aber da man eine so seltene Tugend lästert, da man unglücklich wird, wenn man mich liebt; so ist es meine Pflicht, als edelmüthiger Freund zu selden; ich bewillige also Strafford, obgleich wider Willen, sein Begehren. Ich ernenne den Lord Dillon zum Vice-König von Irland; ich ziehe in meinen geheimen Rath Saville, Kimbolton,

Hamp-

Hampden, Effer und Pym. Loudon sey frey;
ich begnadige den Verbrecher, um den Un-
schuldigen zu retten. Pym, wenn Deine
Seele noch einiger Reue fähig ist, so komm
und höre Deinen König in seiner geheimen
Rathsversammlung; sieh, ob meine Unterthanen mir theurer sind, als Dir. Pairs, die
Ihr die Unschuld meines Freundes kennt,
Eurer Ehre überlasse ich die Sorge für seine
Vertheidigung. Und Dir, der Du zuerst
mich hast verlassen wollen, ach! glaube, daß
ich Dich jeden Tag bedauern werde. Als guter und treuer Freund, als zärtlicher Gatte
und glücklicher Vater, übe nun im Frieden
die Tugend aus, die Dir so werth ist, aber
erinnere Dich Karls, und beweine zuweilen
den Verlust, den mein Herz erlitten, und
das Unglück der Könige! Ungerechtes und
grausames Volk, freue dich nun meiner Thränen! Ist es möglich, daß mein Schmerz so
viel Reiz für Dich haben kann? Doch wisset
alle, daß ich nun genug gethan habe, und daß
ich, wenn so viel Gefälligkeiten schlecht belohnt
werden, nur dem Himmel von meiner Macht
Rechenschaft schuldig bin. Ich weiß sehr

Erster Theil.   G

wohl, wie weit man schon die Zügellosigkeit
treibt. Das Volk ist zusammengerottet; Lou=
don bietet überall den Augen desselben nur un=
verschämte Pasquille dar. Man will noch
mehr thun, man murret, man droht. Es ist
Zeit, das ich dieser Kühnheit Einhalt thue.
Ich eile dahin, und ich werde, wenn es seyn
muß, als Krieger zu gleicher Zeit meinen
Thron und meinen Staat zu vertheidigen
wissen.

(Der König, nachdem er von fern gegen Straf=
ford die Arme ausgestreckt, der bey dieser
Bewegung sich niedergeworfen und die Hand
auf sein Herz gelegt hat, geht durch den
Hintergrund des Theaters von einigen Wa=
chen begleitet, durch die große Treppe
hinaus.)

Neunter Auftritt.

Die Vorigen ohne den König.

Der Groß-Seneschall.

Laffen Sie uns nun fortfahren — — —

Pym (unterbricht ihn.)

Nein, Mylords, andre Sorgen rufen Sie;

es erneuern sich zu dringende Gefahren. Vergebens hatte die edle Standhaftigkeit unsrer Vorfahren auf immer die Freyheit zu gründen geglaubt. Das Parlement ist nicht mehr, man überhäuft es mit Beleidigungen, man verletzt die Rechte desselben und läßt ihm bey seinen Stimmensammlungen nicht die gehörige Freyheit, man entreißt das Verbrechen der Strenge der Gesetze; man will mit bewaffneter Hand unsre Stimme fesseln. — Das Wohl des Staats wird das höchste Gesetz, und die äußerste Gefahr heischt ein außerordentliches Hülfsmittel — lassen Sie uns auseinander gehen. (Er wendet sich zu den Gemeinen.) Ihr Stellvertreter der Städte, Ihr Vertheidiger dieses Volks und seiner Freyheiten, es ist Zeit, Euch in Eure ehrwürdige Versammlung zu begeben. Pym wird bald in der Versammlung der Gemeinen auftreten, (zu den Pairs) und Sie, Pairs, die Sie mich bald wieder sehen werden, begeben Sie Sich nach den Oertern, die Ihnen bestimmt sind.

Der Groß-Seneschall.

Und mit welchem Rechte — — —

Pym.

Mit dem Rechte, das jedes Geschöpf erhält, sobald es aus den Händen der Natur
hervorgeht; mit dem Rechte, welches überall
und besonders unter uns das Interesse eines
einzelnen Menschen dem Interesse aller unter-
wirft. Das Schiff des Staats ist dem
Schiffbruche nahe. Ein treuloser Prophet hat
dies Ungewitter erregt; man muß die Fluthen
besänftigen, indem man sich hineinstürzt.
Die Majestät des Volks ist hier mein Bürge.
(die Pairs von Pyms Parthey stehen auf und
ziehen die andern mit sich fort.) Aber ich sehe
alle diese Lords, die edlen Eifers voll dahin
fliegen, wohin die Ehre sie ruft. Gehen Sie,
würdige Stützen des Volks und des Königs,
und vereinigen Sie beyde unter die Fahnen
des Gesetzes.

Der Groß-Seneschall.

Ja, Mylords, das Gesetz fordert Rache.
Es befiehlt vorzüglich, die Unschuld zu retten.
Lassen Sie uns den Willen desselben ohne Unruhe und Schrecken erfüllen, und wenn es seyn
muß, mit den Gesetzen zugleich zu Grunde zu
gehen wissen.

Pym (zu denen von seinen Gehülfen, die
ihn umringen.)

Ich folge Ihnen. Die Motion sey sogleich in Bereitschaft, und man setze die Bill
auf, die ihn in die Acht erklärt.

Strafford. (bey Seite)

O mein König! in welchen Fallstrick führt
man Dich!

Zehnter Auftritt.

Alle haben sich wegbegeben; auf dem Theater sind nur noch Strafford, der
Lieutenant des Towers,
und Pym.

Pym (zum Lieutenant des Towers)

Lassen Sie diesen Ort bewachen, und niemand nähere sich.

(Der Lieutenant des Towers vertheilt die
Wachen auswärts an alle Eingänge des
Saals; alle Thüren werden verschlossen;
Strafford und Pym bleiben allein.)

Elfter Auftritt.

Strafford, Pym.

Pym (hält Strafford am Arm zurück.)

Höre mich Strafford — dieser Ton überrascht Dich vielleicht; Dein Leben ist in meinen Händen, und ich habe ein Recht, es zu nehmen.

Strafford.

Was! dieser elende Betrüger — — — —

Pym.

Mäßige diese Ausbrüche; höre mich aus, und dann antworte mir. Strafford, ich verfolge Dich, ich habe Dich gefürchtet, ich klage Dich an; Du glaubst, daß ich Dich hasse, Strafford, und Du täuschest Dich. Ich schätze, ich ehre Dich und will es Dir beweisen. Ich habe Deinen Untergang verlangt, und ich will Dich retten.

Strafford.

Himmel!

Pym.

Beruhige Dich, sage ich Dir, und Du

·follst mich kennen lernen; ich werde Dir alle
meine Projekte vorlegen, ich wage nichts
mehr, sie Dir anzuvertrauen. — Ich will es
nicht unternehmen, sie zu rechtfertigen, es sey
nun, daß ich, vom Schickfal zur Niedrigkeit
bestimmt, mich wegen eines Glanzes, der mir
wehe thut, zu rächen suche, oder daß mein
Herz, entbrannt von einer heiligen Liebe gegen die Gesetze, jederzeit mit meiner Stimme
übereinstimmend sey. Als Rebell oder Bürger, tugendhaft oder sträflich, habe ich geschwo-
ren, den Scepter zu zerbrechen, der mich zu
Boden drückt. Ich will den Staat ändern,
und wenn uns ein König bleibt, so sey dies
leere Phantom minder mächtig als ich. Ueberall — Dank sey es meinen Bemühungen! —
ist der Saame des Aufruhrs ausgestreut; ich
habe die Armee der Schottländer hierher kommen lassen; (Du weißt es. Ein Augenblick
hat alles unter uns gemacht — Du wolltest
mich anklagen und ich bin Deinen Streichen
zuvorgekommen.) Diese Armee hält es mit
mir. Ich habe den Gottesdienst und den wilden Eifer der Sektirer Schottlands verbreitet,
·nicht etwa, weil ich selbst dem Aberglauben

fröhne, dem so schändlichen Vorwande unsrer
Streitigkeiten, sondern weil ich, wenn das
grobe Volk eines Fanatismus bedarf, den
Puritanismus allen andern vorziehe. Ich
hasse die bischöfliche Gewalt, und sehr oft lei-
sten sich der Thron und der Altar eine gegen-
seitige Hülfe. Ich habe vor, sie hier wegzu-
schaffen. Ich will, daß ein jeder sein eigner
Fürst, sein eigner Priester sey. Jener stolze
Prälat, Dein und des Königs Freund, der
den Glanz der Anglikanischen Kirche wieder emporbringen will, Laud, der in Fesseln liegt, wird mit Dir gleiches Schicksal
haben. Bald wird der verlassene Haufen von
seines Gleichen sich auf immer aus dem Senat ausschließen sehen. Sind die Prälaten
vernichtet, dann kommen Deine Pairs an
die Reihe. Jetzt sind die mehresten von nie-
drigem Neide angetrieben, schändlich geneigt,
mir Dein Leben zu verkaufen. Wenn sie Dich
werden zu Grunde gerichtet haben, will ich
Dich an ihnen rächen. Also von allen diesen
Staatskörpern, deren gefährlicher Orden von
Stufe zu Stufe Abhängigkeit fortpflanzt, wird
das Volk, das allein nur übrig bleibt, auch

nur allein die Gewalt haben. — Du siehest
nun, wohin meine Entwürfe gehen, und was
ich Dir davon gesagt habe, zeigt Dir das,
was ich verschweige. Um Deinen König zu
täuschen, um ihn unaufhörlich zu Boden zu
drücken, bedarf es nur zusammen seiner Tu‑
genden und seiner Schwachheit. Aber konnte
ich, sage mir, konnte ich Dich bey ihm lassen,
Dich, seinen einzigen Vertheidiger, seine ein‑
zige Stütze? Der Himmel hat Dir alles ge‑
geben, Talente, Stärke, Muth; Du konntest
an einem Tage mein Werk zerstören. Ich
mußte Dich also stürzen, Dich anklagen, und
da Du kein Verbrechen begangen hattest,
wußte ich Dir eins anzudichten. Ich hatte
nicht nöthig, Deine Vertheidigung zu hören;
denn ich bin eben so sehr wie Du von Dei‑
ner Unschuld überzeugt; wenn ich es will, so
wirst Du deshalb nicht weniger sterben. Du
hast Deine Hoffnung auf einige von den Pairs
gesetzt? In diesem Augenblick, da ich mit
Dir rede, hat man Dich geächtet, das Volk
hat das Urtheil gesprochen, und die Pairs
müssen es unterschreiben. Könnte Dir der ge‑
thane Schritt des Königs Muth machen?

Wisse, daß ich seine Räthe gewonnen habe,
ihm denselben einzugeben. Ich wollte ihm zeigen, auf wie wenig er Anspruch machen kann,
und ihn alles hören lassen, um ihn desto besser in Furcht zu setzen. Ueberdies bedurfte
ich eines Vorwandes zu meinen Klagen, um
überall die Gemüther vollends zu entflammen.
Nur noch wenige Augenblicke, und das be-
stürzte Volk wird im Namen des Parlaments
unter den Waffen erscheinen. Auf diese Weise
wird Karl, von seinem unglücklichen Schicksal
getrieben, Deinen Tod beschleunigt haben, indem er um dein Leben bat, und so steht es
jetzt mit seiner äußersten Unvorsichtigkeit, daß
er sich selbst zu Grunde richtet, wenn er Dich
retten will. — Strafford, von mir allein
hängt Dein Wohl ab. Noch zischt der Blitzstrahl und mein Arm hält ihn zurück; eile,
ihn auszulöschen, ehe er ausbricht. Mit welchen großen Erfolgen sich meine Hoffnung
schmeichelt; so kannst Du, ich will es gestehen, dieselben gewiß machen. Nimm meine
Entwürfe an. Laß uns unsre Schicksale vereinigen; verlaß den König, der Dich schon
verläßt — wir wallen ihm, wenn Du willst,

seinen Titel und seine Krone lassen; aber das Volk herrsche, herrsche durch uns. Dulde mich als Dir gleich, ohne eifersüchtig darüber zu seyn. Der Augenblick ist da, entsage der Würde eines Pairs, Dein Ruhm, weit entfernt, durch dieselbe erhöht zu werden, wird dadurch beschimpft. Für unsers Gleichen sind Titel nichts. Statt alles Rechts, bedürfen wir Deinen und meinen Kopf. — Nun dieser Tag entscheidet über Dein Leben, und wird die Entwürfe, die ich Dir hier anvertraue, entweder durch deine Bemühungen unterstützt, oder mit Deinem Blute besiegelt sehen. Nun wähle, aber bald.

Strafford hebt die Augen gen Himmel, richtet sie einen Augenblick auf Pym, indem er zu gleicher Zeit Erstaunen, Abscheu und Verachtung ausdrückt. Darauf geht er nach dem Hintergrunde des Theaters zu und sagt mit lauter Stimme:

Man führe mich nach dem Tower.

Pym.

Dies also Deine Antwort? Du sprichst Dir Dein Todesurtheil. Wache!

Zwölfter Auftritt.

Strafford. Pym. Die Gräfinn Straf=
ford. Balfour, Lieutenant des
Towers. Wachen.

(Die Thüren der großen Treppe werden geöffnet,
Balfour tritt mit seinen Wachen herein, die
Gräfinn macht sich mit Gewalt, ihrer unge=
achtet, einen Weg.)

Die Gräfinn.

Ich will ihn sehen.

Strafford.

O meine theure Elise!

Die Gräfinn.

Endlich finde ich Dich wieder! Wo sind
sie? — — Wie? schon — — — — — ?

Strafford.

Denke nicht an mich.

Pym.

Wachen, bringt sie aus einander.

Strafford zur Gräfinn.

Eile zum Könige.

Pym.

Balfour, gehorchen Sie.

Die Gräfinn.

Grausamer!

Strafford. (umringt)

Wachen, Soldaten, Engländer, kommt seiner Wuth zuvor: er ist ein Verräther, er hintergeht Euch.

Pym.

Unterbrückt dies große Geschrey — — —
Man schleppe ihn fort.

Strafford.

Der König — — — —

Pym zu Balfour.

Das Parlement befiehlt es. Sein Gefängniß sey verschlossen, und werde Niemand geöffnet. Sie stehen mir mit Ihrem Kopf dafür.

Dreyzehnter Auftritt.

Die Vorigen. Bestwick, läuft eilfertig herbey.

Pym.

Ist das Urtheil gesprochen?

Bestwick.

Pym, Du mußt Dich zeigen, oder alles ist
verloren.

Pym.

Wie?

Bestwick.

Wir bereiteten den glänzenden Sieg, der
das Volk rächen und unsre Erwartung erfüllen soll. Wir standen im Begriff, ihn zu erhalten, als sich der vorgeschlagenen Bill ein
unwürdiger Abtrünniger Digby widersetzte.
Palmer und Falkland, die derselbe Geist
beseelt, vereinigen sich mit Digby zur Beschü-
tzung des Verbrechens. Man schweigt still,
man hört an. Kaum haben sie geredet, als
in dem Augenblick alles um sie herum erschüttert scheint. Man schreit über Ungerechtig-

keit, man redet von Unschuld, und fordert Rache für den, der uns zu Grunde richtet. Man beklagt ihn, bewundert ihn und rühmt seine Thaten, sein Herz und seine Tugenden, seine Weisheit und seine Gesetze. Kurz, wenn Du nicht eilst, das Ungewitter zu zertheilen, so wird vielleicht für Dich das Schaffot aufgerichtet.

Pym.

Wenigstens wird mein Herz nie Furcht kennen.

Die Gräfinn.

Endlich ist der Himmel gerecht!

Strafford.

Er beschützt meinen König.

Pym.

Dieser Triumph ist zu frühzeitig und wird nicht lange dauern. Wachen, was zögert ihr, diesen Verbrecher fortzuführen?

Strafford.

Man wird ja sehen, wer von uns beyden alle diese Namen verdiente.

Pym.

Ich nehme Deine Herausforderung an.
Komm Bestwick, komm und siehe, was für
Macht ein Einziger über alle diese großen
Staatskörper hat, denen der Pöbel huldigt.

Die Gräfinn.

Geh nur! Der Himmel, der uns richtet,
ist mächtiger, als Du bist. Rechne auf ihn,
Strafford, aber rechne auch auf mich.

Ende des dritten Aufzugs.

Vierter Aufzug.

Das Theater stellt das Kabinet des Königs von

Erster Auftritt.

Karl. Karleton.

Karl kommt in der größten Bewegung aus seiner Rathsversammlung.

Barbaren, laßt mich. Welche Abscheulichkeit! Welcher Abgrund! Mein ganzer Rath will mich zum Verbrechen zwingen!

Karleton.

Sie, beruhigen Sie sich ———————

Karl

Ich mich beruhigen! Hast Du nicht gehört, was sie alle von meiner Schwachheit verlangt haben? ich, ich soll die Raserey jener Gemeinen annehmen; ich soll das Werk jener

Erster Theil.   H

Meuchelmörder heiligen? Und die Königinn!
die Königinn! Sie will, daß meine Hand des
unglücklichen Straffords Brust durchbohre.
Grausame, übe eine andere Herrschaft über
mein Herz aus. Trachtet Deine Liebe darnach, es zu vergiften? Ihn verlassen? Nim-
mermehr. Aber sage mir, Karleton, wie haben sie es angefangen? Durch welche Verrätherey — — — — Wie ist dieses abscheuliche
Urtheil durchgegangen. Man reichte ja dem
Strafford eine hülfreiche Hand. Digby, Falkland und Palmer hatten ja in den Herzen
die Gerechtigkeit und die rächenden Gewissens-
bisse geweckt.

Karleton.

Pyms Gegenwart vertrieb alles. Er kam
und sprach als Oberherr. Von Aufrührern
begleitet, die er zurückzuhalten vorgiebt, wenn
er gleich allein sie um des Verbrechens willen
zu vereinigen gewußt hat, erschien er plötzlich
Mitten unter den Gemeinen. Ihr seyd, sprach
er, die Bewahrer der Glücksgüter, der Freyheit und der Rechte dieses Volks. Es giebt
Unter euch Jemanden, den dasselbe zu wenig

eiferſüchtig auf ein ſo heilig anvertrautes Pfand
hält. Ich glaube ſehr gern, daß das Schrecken deſſelben es täuſcht, aber der Gegenſtand
ſeiner Furcht muß ihm zur Entſchuldigung dienen. Dieſe Furcht ſey nun gerecht oder nicht,
ſo muß man ihr doch nachgeben; wir müſſen
uns von allen denen trennen, die das Volk in
Verdacht hat, und gewiß wird keiner von ihnen ſo weit gehen, zu behaupten, daß derjenige ſie nicht aufheben kann, der ſie ernennen
konnte. Man wird ſie euch nennen. Beſſe-
wick zeigte darauf das empörende Verzeichniß
der Geächteten. Der Betrüger las ſie mit
einer ſeufzenden Stimme, während daß das
unruhige Gefolge ſeines Chefs ein Geſchrey des
Haſſes ausſtieß, und ſchwor, jeden zu beſtra-
fen, welcher zögern würde, ſeinen Dekreten zu
gehorchen. Im größten Tumult ſammelte man
die Stimmen der Kammer. O zu widrige
Vorbedeutung der größten Unglücksfälle! Diejenigen, die es mit Pym halten, eilen, alle die
zu verbannen, deren Tugend ſie im Zaum halten konnte. Das Schrecken thut hier, was
anderwärts die Wuth that. Einigen fehlt die
Tugend, andern der Muth. Die Uebrigen,

ein elender Haufen vom Ungefähr geleitet,
schleppt sich auf die Wege, die man ihm vor-
zeichnet und denen er folgt. Kurz, die größten
Namen und die reinste Tugend dieses zerstüm-
melten Senats sind gezwungen, sich auszu-
schließen. Nun ist Pym Sieger; alles giebt
seiner Gewalt nach. Man nimmt die Bill
an, welche Strafford verurtheilt; Digbys Reden werden den Flammen gewidmet, und Pym,
der den Lauf seiner schändlichen Projekte verfolgt, wird diese Bill der Kammer der Pairs
vorlegen.

Karl.

Ungeheuer, das die Hölle unter uns aus-
geworfen hat, ich werde deinen Streichen zuvorkommen. — Karleton?

Karleton.

Gnädiger Herr.

Karl.

Höre. Du siehst, was mein Herz von allen Seiten befürchtet. Kann ich, vom Unglück
umringt, auf Dich rechnen?

Karleton.

Alles mein Blut ist bereit, für meinen König zu fließen.

Geh also, und nimm sogleich den Kern meiner Leibwache; Du mußt Straffords Flucht decken. Laß sie sich alle verkleiden, um in den Tower zu kommen. Gieb Balfour dies Billet in meinem Namen; spare weder Bitten, noch Liebkosungen bey ihm; zeige ihm Ehrenstellen, versprich ihm Reichthümer. Straffords Retter wird alles von mir erhalten. Bis zum Ende des Tages wisse er nur allein mit Dir mein Projekt, und sobald die dunkle Nacht unsern frommen Wünschen ihren Schatten leihen wird, dann zerbrecht Beyde die Fesseln meines Freundes. Er gehe, wenn es seyn muß, bis ans Ende der Welt. Wenn ich ihn auch verliere, wenn ich nur wenigstens weiß, daß er lebt. Sage ihm, daß hier alles sich wider uns verschwört, die Gemeinen, die Königinn, und das schreckliche Unglück, das alle meine Tage mit dem Siegel des Schmerzes bezeichnet. Suche es von seiner Tugend zu erhalten, daß er einwillige, Dir zu folgen. Will er nicht für sich leben, so lebe er wenigstens für mich. Besonders verlaß ihn nicht eher, als bis Du ihn auf dem Meere diese

aus seiner Armee zu seiner Begleitung die ta-
pfere Schaar seiner lieben Irländer genommen. Er fürchtete, mit ihnen bis nach London zu marschieren. Sein Bruder holt sie
auf meinen Befehl. Er wird bald zurückkommen, sich an ihrer Spitze zeigen, und sie werden zu Deiner Unterstützung bereit seyn. Wir
werden uns noch sehen, aber jetzt geh und rich-
te alles ein.

Karleton.

Ja, ich will Ihnen dienen — ich will alles wagen. Himmel, höre meinen Schwur!

Karl.

Komm bald zurück und benachrichtige mich,
ob Deine Bemühungen glücklich sind, ob ich
leben soll. Geh, mein werther Karleton, mein
Freund, meine Stütze. Eile, rette Strafford,
und mein Thron ist der Deinige.

Karleton.

Ach! ich bedarf keiner andern Belohnung,
wenn ich meinem Fürsten diene und die Unschuld vertheidige.

Zwoter Auftritt.

Karl allein.

Himmel! erfülle meine Hoffnung — Wenn sie vernichtet würde, so schaudre ich vor den Unglücksfällen, welche mir drohen. In welchem Zustande, o Himmel! habe ich so eben die Königinn gesehen! — — — Woher entsteht ihr so großer Haß gegen einen Unglücklichen? Ha, sicher habe ich unrecht, ihr Schrecken anzuklagen; sie haßt Strafford weniger, als sie für mich fürchtet. Ihr Gatte, ihre Kinder beschäftigen ihre Gedanken; ihre Seele wird von unsern gemeinschaftlichen Gefahren gedrängt. Gebieterinn meines Herzens, Gegenstand so vieler Liebe, du siehst nur meinen Thron in diesem unglücklich traurigen Aufenthalt, und in deinem bittern Schmerz bedenkst du nicht, daß, wenn von allen auf der Erde verbreiteten Sterblichen Strafford unter meinen Augen den Todesstreich empfängt, ich am meisten zu beklagen, ich der Strafwürdigste bin! — Unglücklicher Strafford! ach! hier an dieser Stäte war ich hundertmal Zeuge seiner außerordentlichen Liebe. Hier donnerte

er auf meine Feinde; und ohne mich, ohne
meine Schwachheit, würde er sie unterworfen,
würde er meine Ruhe und meinen Ruhm gesichert haben. Ach! mein erstes Unglück war,
daß ich ihm nicht glaubte. — Die Pairs haben noch nicht das entscheidende Urtheil un-
terschrieben. Ich rechne auf die Pairs, auf
den Groß-Seneschall. Sie werden nicht die
Unverschämtheit dreister machen wollen.

(Man hört einen verwirrten Lärm und Waf-
fengeklirre.)

Was höre ich? und wer nähert sich so diesem
Orte? Pym!

Dritter Auftritt.

Karl. Pym. Wachen. Aufrührer.

(Pym erscheint in der Gallerie vor dem Zimmer
des Königs, begleitet von einem Haufen Aufrührer in verschiedner Kleidung und Waffen,
mit Flinten, Spießen, Hellebarden, Stöcken.
Die Leibwachen in geringerer Anzahl, stützen
sich nach der Thür des Kabinets zu.)

Pym (hält seinen Haufen an der Thür des Kabinets auf.)

Bürger, die ihr zur Aufrechthaltung des

Friedens bewaffnet seyd, geht; zieht euch an
die Thüre des Pallasts zurück. . . Man kann
das Gewissen eures Königs hintergehen, seinen Namen und sein Zutrauen mißbrauchen;
aber sein tugendhaftes Herz schätzt die Wahrheit, und sobald ich ihn sehe, bin ich in Sicherheit.

(Die Aufrührer begeben sich fort, die Leibwache folgt ihnen, und Pym nähert sich
dem Könige.)

Entschuldigen Sie, Gnädigster Herr, die Un-
ruhen Ihres Volks. Es hat in seinen Mauern
Soldaten unter den Waffen gesehen; wir alle
sind sehr überzeugt, daß Eure Majestät nur
Ordnung und Ruhe sichern will; aber dies unruhige Volk hat Verdacht geschöpft; es hat
geglaubt, man will unserer Stimmensammlung
Zwang anthun, und mit den Waffen in der
Hand hat es von uns gefordert, daß Ihr
Parlement selbst bewacht würde. Es war klü-
ger, ihre Dienste anzunehmen, als eine solche
Miliz ohne Anführer zu lassen. Wir haben
geglaubt, uns ihrem Wunsche ergeben zu müs-
sen, und kommandiren sie nur, um sie im
Zaum zu halten. Ihre Wünsche sind für den

Frieden; auch wir haben keine andre. Unser
Blut gehört Ihnen, unsre Soldaten sind die
Ihrigen, und Ihr Parlement erwartet für
seine Dekrete die Gerechtigkeit, die es Ihren
geheimen Befehlen leistet. Ach! Gnädigster
Herr, warum kann ich in diesem Augenblick
nicht schweigen! Ich habe noch ein trauriges
Geschäft zu erfüllen. Die Gerechtigkeit hat
gesprochen: der Graf Strafford ist schuldig
erkannt und soll sterben. Die Rache der Gesetzt, die er umstürzte, rüstet sich. Man hat
seine Geburt gebrandmarkt, man hat ihn in
die Acht erklärt, die Deputirten haben das
Urtheil gesprochen; hüten Sie Sich, Gnädigster Herr, ihn dem Gericht zu entziehen. Die
Freundschaft weine, aber in der Stille; die
Gerechtigkeit setzte die Huld, und das einzige
Wort: Begnadigung, würde in einem Augenblick der Funke eines Feuers werden, das keine Bemühung löschen würde. London hat sich
erklärt; wir haben es gehört, und würden zu
ohnmächtig seyn, Gnädigster Herr, Sie zu
vertheidigen.

mit   Karl. (mit erstickter Stimme)
Ich hatte geglaubt, daß ein Richter, das

Organ des Gesetzes, sobald dies gesprochen,
sein Amt niederlegte, daß er als ein seufzen-
des Schlachtopfer einer traurigen Pflicht, den
Schuldigen beklagte, indem er das Verbrechen
bestrafte; und daß er stets an das Recht zu
vertheilen dachte, um dies zu beneiden, nicht
um es einzuschränken. Der unglückliche Strafford hat für sich allein Richter und Gesetze
wider sich sehen, die man nicht hätte anerkennen sollen. Ein Verbrecher ohne Namen, ist
wie ohne Mitleid; opfert Gesetze, Tugend und
Freundschaft auf. Aber ehe man dies schreckliche Urtheil ankündigte, ehe man ei mich vertil-
gen der Theilnehmer desselben seyn, so hätte
man darauf denken sollen, daß ohne Zustim-
mung des Pairs — — — — — — — — — — —

Pym.

Sie haben unterzeichnet.

Karl.

Großer Gott! — — — Dies mein letztes Unglück! Wie! die Pairs haben unterzeichnet?

Pym.

Nicht ohne Unruhe hat die Gerechtigkeit

ihre Stimme erhalten können. Diese Edeln
behaupteten, über die Gesetze erhaben zu seyn,
aber das Volk, so oft von ihnen unterdrückt,
das Volk, welches droht, und ohne und vielleicht schon bis in diesen Pallast gedrungen
wäre; dies Volk begab sich in großen Haufen
zu den Pairs, und machte durch sein Geschrey
die Ungerechtigkeit erbleichen. Viele dieser
Pairs flohen das furchtbare Auge, das ihr
sträfliches Betragen beobachtet hatte. Der Se-
neschall allein wollte sie zurückhalten, schwor,
daß man ihn auf seinem Platze umkommen
sehen sollte, und berief sich auf das alte Pri-
vilegium der Pairs. Ich sah, wie man ihn,
ohne Mitleid, von seinem Sitze fortschleppte,
den Arundel wieder einnehmen mußte.

Karl.

Arundel! Er, Straffords Richter? sein
Todfeind!

— — Pym.
Man muß ein Feind des Verbrechens seyn,
und dieser edle Haß ist das gewisse Kennzei-
chen einer tugendhaften Seele. Vergebens
wollte ihn Strafford nicht als Richter aner-

kennen; er trotzte bis ans Ende dem Geschrey des Beklagten, und von dem Verlangen einer heiligen Rache entflammt, ließ er die Sentenz durch die Pairs heiligen. Kurz, die beyden Kammern haben für die Bill gestimmt; es ist uns nun noch übrig, sie Ewr. Majestät zu überreichen; wollen Sie dieselbe unterschreiben?

(Er überreicht dem Könige die Bill.)

Karl.

Ungeheuer, konntest Du glauben, daß ich mich mit einer so schwarzen That beflecken würde? Das ist zu viel von meiner Mäßigung verlangt! Sage, Verräther, dachtest Du, daß Dein heuchlerischer Eifer, Deine Scheintugend und jene lügenhaften Ehrfurchtsbezeugungen, womit Du Deine Treulosigkeit und den Aufstand, der durch Dich allein kühn gemacht worden ist, bedecktest, auf immer die Augen Deines Königs täuschen würden? Was für ein Urtheil ohne Verbrechen und ohne Gesetz? Der Beklagte, der ohne Rathsversammlung und ohne Vertheidigung geächtet ist, die Zeugen, die man verbannt — die Richter, die

man beleidigt; die verstümmelten Ueberreste
eines nicht mehr vorhandnen Senats, die ge=
duldeten Schmähschriften und die verbrannten
Päpiere? Und der Pöbel, der überall haufen=
weise zusammen läuft? und diese Wache, die
man selbst unter meinen Augen unrechtmäßig
an sich gezogen hat? Was soll dies alles be=
deuten? Wer hat Dir das Recht gegeben,
Soldaten anzuwerben? Du hältst sie im
Zaum, sagst Du? Du, Du gabst ihnen die
Waffen in die Hände. Geh nun, ich weiß
wohl, wer mir dient, und wer mich beleidigt.
Bemühe Dich nicht weiter vergebens, Deine
Wuth zu verbergen. Ich sehe keine andre
Gefahren, als die ich Dir verdanke, keine
andre Verbrechen als die Deinigen, keinen an=
dern Verräther als Dich. Bringe Deines
Gleichen diese abscheuliche Bill zurück; sage
ihnen, daß ich den wahren Verbrecher werde
zu strafen wissen, und daß es mein Wille ist,
wenn ja Blut vergossen werden muß, daß
durch dasselbe ihre Bill ausgelöscht werde.

Pym.

Da man denn die Aufrichtigkeit und den
Eifer eines redlichen Bürgers und treuen Un=

rrchand verkennt; da der Name König, der
Name Vater und Gatte aufhören, jetzt
die heiligsten aller Namen zu seyn; da die
weinende Königinn, das wüthende Volk, die
Gefahren des Throns und des Vaterlandes,
nicht die edle Bemühung, welche der Rettung
Straffords alles aufopfert, aufwiegen können:
so muß ich gehen. — Gerechter Himmel! —
Leben Sie wohl, Gnädigster Herr; Sie werden sich an das, was ich Ihnen habe sagen
müssen, wieder erinnern. Ich hinterbringe
jetzt dem Parlament ihre letzten Worte.

(Er entfernt sich langsam.)

Karl (im Kampf mit sich selbst, bis zum Augenblick, da er ihn im Begriff sieht, hin-
auszugehn.)

Höre mich, Grausamer, habe Mitleid mit
meinen Schmerzen. Werbt immerhin Soldaten, schränkt meine Macht ein, aber ehret
die Unschuld meines theuern Straffords, scho-
net meinen Freund. Was wollt ihr noch
mehr, wenn ich ihn auf immer aus meinen
Rathsversammlungen ausschließe?

Pym (immer dreiſter, je ſchwächer der
König wird.)

Er würde in der Entfernung herrſchen.

Karl.

Aber wenn er nun England verläßt?

Pym.

Ich würde ihn auch noch an der Welt
Ende fürchten. Das Volk verlangt ſeinen
Tod.

Karl.

Tiger, was habe ich Dir gethan? Meine
Thränen vermögen alſo nichts über Dich?
Ein Fremder, was ſage ich? ein Wilder, ein
Barbar würde mit der Unruhe meiner Seele
Mitleiden haben: und Du mein geborner Un-
terthan, Du den ich mit Deinen Freunden
erſt heute noch in meine Rathsverſammlung
aufgenommen hatte!

Pym.

Ich verabſcheue den Geiſt jener geheimen
Rathsverſammlungen. Dort dient die Nie-
derträchtigkeit ſtets der Tyranney. Für einen
Engliſchen Monarchen, der ſeinem Eide treu
iſt,

ist, giebt es nur einen wahren Rath, und
dieser ist sein Parlement. — Was soll ich nun
diesem Rathe melden? Noch können Sie,
Gnädigster Herr, Ihre Antwort ändern.

Karl.

Nein, ich ändre nichts darin, sondern ich
will noch hinzufügen: Sage ihnen, daß sie
mich haben in den Abgrund stürzen wollen,
aber daß sie mich endlich so grausam, als sie
selbst sind, gemacht haben. Man verlangt
Krieg? Nun wohl! ich kündige ihn hiermit
an. Ich werde ihn schrecklich führen. Und
Du, entferne Dich aus meinen Augen, damit ich nicht diesen Ort mit Deinem unrei-
nen Blute besuble.

(Pym geht ab, nachdem er einen drohenden
Blick auf den König geworfen.)

Vierter Auftritt.

Karl allein.

Ha, das heißt zu viel von ihrer sträflichen
Kühnheit ertragen! Meine Ehre ist darüber
unwillig, und meine Güte ist es müde. Wenn

Erster Theil.   J

nur erſt mein Wunſch erfüllt, und Strafford
gerettet iſt, dann werden ſie mich vielleicht
fürchten, nachdem ſie mir getrotzt haben.
Karleton kömmt nicht! . . . . . Ich zittre,
ihn zu hören. Ich ſehe ihn! . . . .

Fünfter Auftritt.

Karl. Karleton.

Karl.

Nun, rede: worauf muß ich mich gefaßt
machen?

Karleton.

Auf neue Unfälle.

Karl.

Wie! Strafford, Balfour . . . . . .

Karleton.

Balfour hat ſich auf immer den Aufrührern überlaſſen. Anfänglich ſtellte er ſich, als
wollte er ſich Ihren Abſichten ergeben, aber
da er befürchtete, wie er ſagte, daß man uns
überraſchen könnte, ſo forderte er Zeit, und
wollte, daß Ihre Soldaten einzeln und nach

und nach in den Tower gingen. Er ging
selbst hinaus, und um mich noch mehr zu täuschen, zeigte er mir mehrere derselben, die er
hereingeführt hatte. Aber bald fiel die Maske
des Betrügers. Es erschien von jenem rebellischen Senat ein Befehl, der von Verrätherey und von einer entdeckten Verschwörung
redete; er verbot, daß vor allen Dingen das
Gefängniß nicht geöffnet werde, und befahl
dem Balfour, bey Lebensstrafe, nicht ferner
den Befehlen des Hofes zu gehorchen. Darauf gab er seiner Lüge einen Anstrich von fal-
scher Ehrfurcht und sagte mir: Sie sehen
meinen Schmerz über diesen Befehl; mein
Herz bleibt dem Könige stets ergeben, aber
was vermag ich, ich allein wider so viele
Feinde? Bey diesen Worten übergiebt er mir
einen Brief, den ihm der Graf für Sie gegeben hatte. (Er überreicht dem Könige den Brief.)

Karl.

Ach schon bey seinem Anblick wird mein
Herz unruhig. (Er nimmt den Brief) Vor-
würfe ohne Zweifel! Er muß sie mir machen.
(Er ließt den Brief laut.)

J 2

„Das Volk, daß man irre führt, muß ein Opfer haben. Mir kommt es zu, durch mein Blut die Wuth desselben zu besänftigen, seinen Irrthum durch das Mitleid aufzuklären, und ein größeres Verbrechen zu verhindern. Hören Sie auf, sich meinem Todesurtheil zu wider- setzen. Mein Tod wird für mich die größte Ihrer Gunstbezeigungen seyn. Der Himmel kann Ihnen denselben nicht zu- rechnen, da ich ihn selbst von Ihnen er- bitte. Ich beklage nichts als meinen Sohn, seine Mutter und seine Schwe- stern. Sie werden viel Thränen vergie- ßen! Mein Herz empfiehlt sie dem Ihri- gen. Mein Schicksal wird für mich bis an mein Ende nur zu süß seyn. Ich werde für Sie, Gnädigster Herr, gelebt haben; ich werde für Sie gestorben seyn.“

(Karl drückt den Brief an seine Augen, benetzt ihn mit seinen Thränen, ließt ihn wieder vor sich und wiederholt laut die letzten Worte.)

„Ich werde für Sie, Gnädigster Herr, gelebt haben; ich werde für Sie gestorben

seyn!".... Und ich sollte einwilligen!....
Wenn ich ihn je verlasse, o Himmel! so zer-
brich meinen Scepter und stürze meinen Thron
um; dann gieb zu, daß ich in dasselbe Gefängniß geworfen, mit demselben Dolche ermordet
werde, und daß sein Blut, indem es Rache
fordert, auf die Meinigen, von ihrer Geburt
an geächtet, noch zurückfalle.

Sechster Auftritt.

Karl, Karleton, ein Offizier.

Der Offizier

Sire, die Irländer fliegen unsern Wällen
zu. Von den Mauern sieht man ihre Fahnen wehen. Ihre Rosse gehorchen ihrer un-
gestümen Hitze, die Echos hallen von ihrem
verdoppelten Geschrey wieder, und ihre star-
ken Arme schwingen in der Luft die schützen-
den Schwerter, die unsre Fesseln zerbrechen
werden.

Karl.

Ha! endlich lebe ich wieder auf. Zittert,
Treulose, zittert! Ich werde Strafford Eurer

mörderischen Händen entreißen. Mein Freund, du wirst leben! und deine elenden Feinde werden entweder zu deinen Füßen sterben, oder dir unterworfen seyn.

Siebenter Auftritt.

Die Vorigen, ein zweyter Offizier.

Der zweyte Offizier.

Sire, das Parlement — — —

Karl.

Ich mag nichts davon hören.

Der zweyte Offizier.

Aber, Gnädigster Herr, es verbreitet sich in der Stadt, es hetzt das Volk auf; und die Herannäherung der Irländer

Karl.

Jagt ihnen Furcht ein? Das erwartete ich. Furcht folgt dem Verbrechen. Sie werden noch mehr fürchten.

Der zweyte Offizier.

Ach, ihre Wuth übersteigt ihre Furcht, Gnädigster Herr. Durch ihr Geschrey wird

das Volk mit fortgerissen, es glaubt sich der
Plünderung, dem Morde überlassen. Man
ruft einen Eid aus, der von den Gemeinen
entworfen ist. Alle bieten wetteifernd ihr
Blut, ihr Vermögen an. Man schreit, man
bewaffnet sich, man eilt. Schon besetzen von
allen Seiten dicht an einanderstehende Bat‐
taillone die Wälle. Alle Ihre treuen Diener
sind für ehrlos erklärt; der Pallast des Erz‐
bischofs steht in Flammen. Loudon, der un‐
dankbare Loudon, dessen Fesseln zerbrochen
sind, vertheilt überall Dolche, die auf dem
Altar geschärft sind. Ich habe, (wer sollte
es glauben?) selbst Weiber bewaffnet gesehen.
Und den Irländern sind die Thore verschlossen.

Karl.

Nun wohl, so will ich hin und sie ihnen
öffnen. Meine Wache folge mir. Entweder
Sieg oder Tod! —

Achter Auftritt.

Die Vorigen, ein Hofbedienter der Königinn.

Der Hofbediente der Königinn.

Sire, die Königinn!

Karl.

Nun?

Der Hofbediente.

Ringt mit dem Tode.

Karl.

Die Königinn stirbt! —

Karleton.

O Tag des Abscheues und des Entsetzens!

Der Hofbediente.

Sie sah, als Pym hierher kam, den Pal=
last von einem wüthenden Volke überschwemmt;
ihre Leibwache durch niederträchtige Meuchel=
mörder zerstreut, den jungen Prinzen und
seine Schwestern bedroht. . . . Sie fliegt,
man sieht sie, bey jedem Schritte dem Tode
trotzend, ihre Kinder in ihren Armen forttra=

gen. Dieser Muth einer Königinn, diese Liebe einer Mutter, ihre Blicke, die ein heiliger Zorn entflammte, ihr Gang, ihre majestätische Stirn erstarren auf einige Augenblicke den erschrockenen Pöbel. Aber bald beseelt sich desselben unmenschlicher Wuth wieder; es umringt ein großer Haufen, die Thür der Königinn. Darauf wollte sie zu Ihnen. Ich sah ihre Stirn erbleichen, und ihre Knie wanken. Die Schatten des Todes bedeckten ihr Gesicht. Durch unsre Hülfe kam sie wieder zu sich. Aber schwach, kraftlos und ohne zu sprechen, bemühte sie sich, ihre Kinder mit schwacher Hand an ihre Brust zu drücken, ohnmächtig bey jedem Geschrey des wilden Volks. Ihr Name allein, Gnädigster Herr, entschlüpft ihrem Munde.

Karl.

Dies ist meine erste Pflicht! Laßt uns ihr zu Hülfe eilen. Rettet die Königinn, Freunde, ihr rettet dadurch mein Leben. Unterdessen Karleton, halte man sich fertig, mir zu folgen. Ach! nur ich allein muß zu leben aufhören! —

Neunter Auftritt.

Die Vorigen; die Gräfinn Straf-
forb.

Die Gräfinn (kommt eilfertig und wirft sich
vor dem Könige nieder.)

Ha! Sire, hören Sie mich.

Karl (unruhig.)

Gräfinn — ich kann nicht. — —

Die Gräfinn.

Sie können nicht? Was höre ich! Ha,
überall folge ich Ihnen. Wenn das Schwert
schon über dem Schlachtopfer schwebt, wenn
seine Liebe für Sie sein einziges Verbrechen
ist, welches theurere Interesse, welche wichti-
gere Sorge — — — — — — —

Karl.

Ach! glauben Sie — — — fordern Sie
— — — aber die Königinn — — nur einen
Augenblick — — — —

Die Gräfinn.

Die Königinn! Nun wohl! ich bin, wie sie,
Gattinn und Mutter, und ich habe keinen Gat-

ten, meine Kinder keinen Vater mehr; und das bloß um Ihrentwillen! Kurz, sein Bruder ist hier in der Stadt; er wird kommen, und ich, ich habe andre sichre Mittel — — — Sie hören mich nicht, Sire!

Karl.

Schicken Sie mir seinen Bruder — — — Lassen Sie mich das größte Unglück, das mir begegnen kann, von mir abwenden. Meine Gemahlinn! meine Kinder! meine Unterthanen! mein Freund! Gott! welches Herz ist stark genug, so viele Uebel zu ertragen? —

Zehnter Auftritt.

Die Gräfinn Strafford allein.

Könnte ich geringerer Schrecken gewärtig seyn? Ich allein, das sehe ich wohl, ich muß ihn vertheidigen. Himmel, der du mir bis zu ihm einen Weg öffnen wirst, wache gnädig bis ans Ende über mein Vorhaben. Schläfre seine Mörder ein; leite meine Schritte . . . . .

Elfter Auftritt.

Die Gräfinn. Sir George.

Die Gräfinn.

Mein Bruder! Endlich also! Wissen Sie — — — —

Sir George.

Ich weiß alles, und hoffe alles wieder gut zu machen.

Die Gräfinn.

Ach! Gott! Wie?

Sir George.

Ich hatte vorher gesehen, sowohl mit welchen Augen man meine Rückkehr allhier ansehen würde, als auch die Schwachheit des Königs und die Wuth der Rebellen. Ich habe unsre treuen Irländer nahe bey den Mauren aufmarschieren lassen, und, mich allein auf einen Augenblick hieher begeben. Um Mitternacht bin ich eines Thors versichert. Als ich herein kam, eilte ich zu jener edlen auserlesenen Mannschaft, welche mein Bruder diesen Morgen in seinem Gefolge mit sich führte. Diese

edelmüthigen Krieger, die Zeugen seiner Tapferkeit, die Gefährten seines Ruhms und die
Bürgen seines Herzens, erwarten nichts von
den Gesetzen, die man zum Stillschweigen gebracht hat, und sie wollen mit den Waffen in
der Hand seine Vertheidigung übernehmen.
Von unsern Wällen herab soll das Zeichen gegeben werden. Um Mitternacht soll ein zwey-
maliger Kanonenschuß fallen, und während
daß meinem Haufen ein Thor übergeben wird,
wollen unsre Anführer das Gefängniß stür-
men.

Die Gräfinn.

Und ich, mein Bruder, ich hoffe, daß ich
heute zu seiner Rettung keiner Unterstützung
bedarf. Im Gefängniß ist ein geheimer Aus-
gang, den selbst der Verräther Balfour nicht
kennt. Ein geringer Trabant, der in diesem
Aufenthalt grau geworden, kennt allein diesen
verborgenen Weg. Er erbietet sich, uns durch
einen langen unterirdischen Gang zu führen,
und in der Nacht will er uns in den Tower
bringen. Gehn Sie zum Könige; er will Sie
sehen. Sagen Sie ihm unsre Entwürfe, mei-

ne Hoffnungen. Bestreiten Sie seine Furcht,
und die große Gewalt der Königinn über ihn.
Wie wenig gefühlvoll gegen meine Leiden habe ich sein Herz gefunden! Doch kurz, um
Strafford vom Blutgerüste zu retten, ist ein
Kahn und eine Begleitung alles, was wir
brauchen; und dieser König, abwechselnd be-
herzt und furchtsam, undankbar und erkennt-
lich, freundschaftlich und treulos, der in diesem
Augenblick schwört, für uns zu kämpfen, kann
unmöglich gelindern Mitteln seinen Beyfall
versagen.

Ende des vierten Aufzugs.

Fünfter Aufzug.

Die Scene ist im Gefängniß.

————

Erster Auftritt.

Der Graf Strafford.

(Allein, schreibt beym Schein einer aufgehängten
Lampe.)

Also habe ich, Dank der Sorgfalt eines meiner Trabanten, die Komplotte jener elenden
Heuchler aufgezeichnet. Jetzt kann ich sterben,
und meine schriftlichen Aufsätze, meinem Könige übergeben, werden ihn noch nach meinem
Tode dienen. Sterben! — — — Aber wird
mein Freund meinen Tod wollen? Wird er
ohne Schauder meine letzte Stunde bestimmen können? Ich selbst . . . . Woher denn
diese geheime Bewegung? Wenn ich meine

Pflicht gethan habe, weshalb fühle ich noch
Reue? Ach! ich sehe meine Kinder, höre ihre
traurige Mutter — — — und der Tod, der
mich erwartet, kann wohl bitter scheinen. Der
Krieger, der auf dem Schlachtfelde sein Leben
verliert, hat die Ehre eines so rühmlichen To=
des gesucht. Der Strafbare wenigstens hofft
von seiner Marter, daß sie die Gerechtigkeit
des ewigen Richters bewegen soll. Der Un=
glückliche, vom Schwert eines Meuchelmör=
ders getroffen, kann sich noch rächen; und ihm
die Brust durchbohren. Aber das Opfer des
Schwerts der Gesetze zu werden, und in sei=
nem Innern sich unschuldig zu fühlen; von
Ehre und theuern Gegenständen umringt, un=
gerechter Weise verurtheilt, alles zu verlieren,
alles zu verlassen! Dem mörderischen Urtheil,
das der Betrug schmiedete, glückliche Tage zu
übergeben, welche die Natur verschonte! Dort
seine Mörder zu sehen, sie nicht strafen zu
können, und durch seine letzten Seufzer ihrem
Stolze zu schmeicheln! — — — Karl! ich ha=
be dich dringend gebeten, mein Todesurtheil
zu unterschreiben; es reuet mich nicht; aber, o
Gott, welches Opfer! Wäre ich auf dem Thron

und

und Karl in Feſſeln, ich würde ſein Leben gegen die ganze Welt vertheidigen. Man kommt.
— — — — (Strafford verbirgt die Tinte und
die Feder, womit er ſchrieb, und ſteckt das Papier in ſeinen Buſen.)

Zwey ter Auftritt.

Der Graf Strafford. Karleton.
Balfour.

(Dieſe beyden Letztern treten zur Thür des Hintergrundes des Gefängniſſes ein, ſteigen die
Treppe herab, und nähern ſich langſam Strafford. Balfour bleibt ein wenig zurück, und
Karleton vermag kaum das Stillſchweigen zu
brechen.)

Der Graf Strafford.

Sie kommen, mein Schickſal mir anzukündigen. Geſchwind. Es ſey, welches es
wolle; ich bin müde, es zu erwarten. Sie
ſind unruhig!

Karleton.

Mylord, Ihre Tugenden .... Ihr Unglück ....

Strafford.

Nur kurz, dies Urtheil? . . . .

Karleton.

Ach! Mylord, meine Thränen sagen Ihnen nur zu gut . . . .

Strafford. (mit Heftigkeit)

Der König opfert mich auf! (nach einem augenblicklichen Stillschweigen) „Unbesonnen ist derjenige, welcher sich auf die Fürsten der Erde verläßt.“ Du hast es uns gesagt, großer Gott! Gott, meine einzige Hoffnung! . . . . Es ist genug.

Karleton.

Der König befiehlt mir, Sie zu sehen. Sie selbst würden Mitleiden mit seinen Klagen, mit seinen Thränen haben. Seine sterbende Gemahlinn, sein ganzes Volk in Waffen, seine mit den größten Frevelthaten bedrohten Kinder, Feuer und Schwert an den Thoren des Pallastes haben ihm diese unglückliche Einwilligung abgezwungen. Seine Hand hat sie nicht schreiben können, sein Herz verwünscht sie, und ich komme, Ihnen in seinem

Namen zu sagen, daß Sie jetzt selbst im
Sterben, weniger als er, zu beklagen seyn
werden.

Strafford.

So viele Sorge, so viele Liebe wird mit
dem Tode belohnt!

Karleton.

Wollten Sie wohl, daß die Rebellen über
ihn — — — —

Geschrey des Volks. (vor den Mauern des Gefängnisses.)

Gerechtigkeit!

Karleton.

Hören Sie jenes Geschrey? Sehen Sie
jene Fackeln?

(Man wird den Schimmer der Fackeln durch
das Luftloch des Kerkers gewahr.)

Strafford. (außer sich)

Himmel, o Himmel! öffne tausend Gräßer
unter meinen Füßen! Ich! ich sollte die Dauer
meiner traurigen Tage verlängern? die geheiligte Majestät meines Königs Preis geben?
Karleton, beschleunigen Sie den Augenblick

K 2

meines Todes; lassen Sie uns diese Fackeln
in meinem Blute auslöschen. Besonders ver-
hehlen Sie dem Könige meine unwillkührliche
Klage. Ach! er erhörte ja nur meine Bitte:
er willigt in meinen Tod, ich beschwor ihn
darum. Ich werde zu glücklich sterben, da ich
weiß, daß er mich beweint hat.

Karleton.

Ha! glauben Sie, er thut noch mehr. Er
übernimmt Ihre Vertheidigung. Ihre Freunde haben noch einige Hoffnung. Das schreckliche Parlement ist noch immer versammelt.
Durch eine majestätische Botschaft kann es noch
erschüttert werden, und der Kronprinz, von seinem Vater abgeschickt, sucht noch, diesen blut-
gierigen Senat zu bewegen.

Strafford.

Sein Parlement bewegen! Ach! zu unglücklicher König! Ja, gewiß, Du wirst mehr
als ich zu beklagen seyn — — — Karleton,
es ist geschehen, ich habe meine Laufbahn geen-
digt. (Zu Balfour.) Wird man mir eine letzte
Gunst verweigern? Werde ich nicht meine Gattinn und meine Kinder umarmen können?

Balfour.

Strenge Befehle, Mylord . . . .

Strafford.

Ich verstehe Sie . . . . . Man hätte mir eine unnütze Marter ersparen können. Aber mein Tod ist zu wenig, man will mir einen tausendfachen Tod geben. Ich werde sie nicht mehr sehen. Gott! Was für ein Schicksal steht ihnen bevor? Was wird aus ihnen werden?

Geschrey des Volks (vor den Mauern des Gefängnisses.)

Straffords Haupt!

Strafford.

Er wird es euch ja bringen, ihr Tiger, deren Wuth zu aller Zeit durch Haß und Mord genährt wurde. (zu Karleton) Freund, beurtheilen Sie dies Volk, den Urheber alles meines Unglücks. Ich habe demselben dreyßig Jahr hindurch mit meinen Arbeiten, mit meinem Arm und mit meinem Blute gedient. Es rühmte meine Klugheit, lobte meinen Verstand, bewunderte meine Tapferkeit. Ein

Tag hat alles vernichtet. Es bewaffnet sich
wider mich, haßt und mordet mich, und weiß
nicht warum! Leben Sie wohl, sagen Sie
dem Könige — — — (bey diesem Namen
tritt Balfour näher: Strafford fährt mit Zwang
fort.) daß der aufmerksame Haß meine Liebe
stumm macht und meine Zunge fesselt; aber
daß der Himmel stets die Bösen getäuscht hat,
und daß er dem Verbrechen und dessen elenden Agenten zum Trotz, wenn ich nicht mehr
seyn werde, vielleicht kennen lernen wird, wie
sehr ich ihn liebte, und wer der Verräther
war. Leben Sie wohl, mein Herz scheuet
eine längere Unterhaltung; wir wollen uns
trennen.

Karleton (mit Unruhe.)

Mylord . . . .

Strafford.

Was ist?

Karleton.

Ich muß . . . .

Strafford.

Nun?

Karleton.

Ich kann nicht . .

Strafford.

Was fehlt Ihnen?

Karleton.

O niederdrückender Schmerz!

Strafford.

Großer Gott! ringt vielleicht meine Elise mit dem Tode? mein König, mein Sohn....

Karleton.

Mylord, darüber beruhigen Sie Sich; erschweren Sie nicht Ihre Uebel; aber, diese Ehrenzeichen ———— dieser Orden ———

Strafford.

Ich komme wieder zu mir! Nun gut, muß ich ihn zurückgeben? Ich hätte niemals geglaubt, daß er mir ihn wieder abnehmen sollte.

(er reißt das Ordensband herunter, und über-giebt es Karleton.)

Wenn Sie es ihm übergeben, so sagen Sie ihm wenigstens, daß mein Herz denselben nur als ein Geschenk schätzte, das mir sein Herz machte. (zu Balfour) Wenn der Augenblick kommen wird, mein Opfer zu bringen, wird man zugeben, daß Lauds gefällige Got-

tesfurcht mir das Schreckliche dieses bittern
Kelchs versüße?

Balfour.

Ein andrer — — — —

Strafford.

Auch diese Gefälligkeit, schlägt man mir ab?

Balfour.

Juxon soll dies Geschäft bey Ihnen ver-
richten.

Strafford.

Und welches wird meine letzte Stunde seyn?

Balfour.

Wenn die jetzt einbrechende Nacht ihren
Lauf vollendet haben wird. — —

Strafford.

Mein Gott, gieb, daß dies der schönste
Tag meines Lebens sey. (zu Balfour) Gehen
Sie, und ihr gesättigter Haß ehre wenigstens
die Ruhe der letzten Augenblicke meines Lebens. Nunmehr erwarte ich vom Himmel
meine Stütze; ich habe nur noch Gott allein;
man lasse mich mit ihm.

(Karleton wirft sich bey der Trennung von
Strafford auf des Grafen Hand, um sie
zu küssen. Strafford umarmt ihn mit
Rührung und wirft einen verächtlichen
Blick auf Balfour, der alle ihre Bewegun-
gen ausspäht.)

Dritter Auftritt.

Der Graf Strafford allein.

Der Himmel hat angefangen, die Ungerechtigkeit zu verblenden. Der tugendhafte
Juron soll mich zum Richtplatz begleiten: er
wird meinen Sohn unterrichten, er wird meinem Könige dienen, und ich kann seiner Treue
meine schriftlichen Aufsätze anvertrauen. (Er
zieht aus seinem Busen das Papier, das er dahin
gesteckt hatte, und fängt wieder an zu schreiben.)
Mein Sohn, ich hinterlasse Dir Waffen,
mich zu rächen: Du wirst oft diese Schrift
mit Deinen Thränen benetzen. (Er schreibt
noch einige Minuten, und steckt das Papier wieder in seinen Busen.) Nun habe ich alle meine
Geschäfte vollendet. (er kniet nieder und hebt
Augen und Hände gen Himmel.) Gott, der Du

in meinem Herzen liefeſt, Du ſiehſt meine Unſchuld und richteſt mein Unglück. Bis zu
meinem Opfer erhebe meinen Muth. Ich
weiß dem Tode zu trotzen, mache auch, daß
ich der Beſchimpfung trotze. Sorge gütig
für meine traurige Familie. Dieſe Hoffnung,
ach! iſt mein letztes Bedürfniß. Senke ſie
in die Bruſt des unglücklichen Straffords,
und empfange meine getröſtete Seele. (er
ſteht wieder auf, ſetzt ſich auf die ſteinerne Bank
und bleibt einige Augenblicke ſchweigend in tie-
fer Ruhe.) Mein Gebet iſt erhört. Eine un-
erwartete Ruhe hat ſich plötzlich in meinem
Herzen und über meine Sinne verbreitet.
Wenn ich gleich nur noch e i n e Nacht auf
der Erde zuzubringen habe, ſo fühle ich doch
den heilſamen Balſam einer ſüßen Ruhe, und
meine erſtaunten Augen ſchließen ſich dem
Schlafe. Gott! verlaß mich nicht in dem
Augenblicke des Erwachens. (ſein Haupt neigt
ſich und er ſchläft ein.)

Vierter Auftritt.

(Der Graf Strafford ist im Vordergrunde des Theaters eingeschlafen. Man hört eine Bewegung auf der einen Seite des Hintergrundes. Ein Mann mit einer Fackel in der Hand erscheint, er leuchtet der Gräfinn Strafford, ihrem Sohne, ihren beiden Töchtern, Sir George und Sydney, die durch den unterirdischen Gang ins Gefängniß gekommen sind. Gleich nach ihrem Eintritt verschwinden Fackel und Führer.)

Die Gräfinn (im Dunkeln und halb laut.)

Strafford! — — Strafford! . . . O Himmel! welches fürchterliche Schweigen! Unterstütze meine Schritte, o Gott, Rächer der Unschuld.

Strafford (seufzt im Schlaf.)

Ah!

Die Gräfinn.

Woher dieser Seufzer? — Laßt uns näher gehen. . . . (Sie erblickt den Grafen beym Schein der Lampe) Ich vergehe! . . . . (Sie stützt sich auf Sir George und betrachtet einen Augenblick den Grafen.) Da ist er, dieser Ver-

brecher! .. Fort, laßt uns seine Thränen
trocknen; wir müssen handeln. Strafford!

Strafford (erwachend.)

Was sehe ich? welches Blendwerk! ....

Die Gräfinn.

Schweig, komm und folge uns.

Strafford.

Wohin denn?

Die Gräfinn.

Folge uns, sage ich Dir: wir werden alle
gerettet seyn.

Strafford.

Ha, hoffet es nicht.

Die Gräfinn.

Was höre ich?

Strafford.

Laßt mich Euch in meine Arme drücken,
meine Gattinn, meine Kinder, meine Elise,
mein Bruder.

Die Gräfinn.

Theurer und grausamer Gemahl!

Sir George.

O mein Bruder!

Alle Kinder.

O mein Vater!

Strafford.

Was für ein Augenblick!

Die Gräfinn.

Der Augenblick, der unser Schicksal än=
dert, der Deine Fesseln zerbrechen wird und
Dich dem Tode entreißt. Durch geheime Um=
wege, die dem Volke unbekannt sind, kannst
Du diesen Ort und England verlassen. Sol=
daten werden Dich bis zum Hafen begleiten;
Dein Weib, Deine Kinder, Dein Bruder
werden Dir folgen. Fort, komm.

Strafford.

Denkst Du an das Volk und an seine
Wuth! Denkst Du an den König? Weißt
Du, daß dabey sein Leben in Gefahr kommt?
daß die Gemeinen, Pym . . . . .

Die Gräfinn.

Ei, was geht mich das Volk und sein
Senat, England und sein König an? Dich
meinen Gatten, Strafford, ihren Vater will

ich vor Mörderhand ſichern. Mögen doch
immerhin jene Tyrannen, jener unreine Senat zu Grunde gehen, der ſtets Blut, das
reinſte Blut verlangt. Auf immer ſtürze jener
Thron ein, wo man zu allen Zeiten ſchamloſe
Verbrechen und Tugenden ohne Muth ſah.
England, ſein Volk und ſein König verderbe,
und von dieſem ganzen Volke bleibe nur Du
übrig, Du, den ſie nicht zu erkennen oder
ihn zu vertheidigen gewußt haben, der Du
ihnen Dein Blut gabſt, das ſie jetzt zu vergießen brennen! Eben ſo grauſam als ſie, willſt
Du uns verdammen? Willſt Du mich zum
zweytenmale morden? Stelle Dir, wenn Du
es kannſt, jene ſchreckliche Wittwenſchaft, jene
ewigdauernde Qualen vor, die mein Loos ſeyn
werden. Ich werde ſelbſt nicht einmal im
Schooß meiner Schmerzen einige Süßigkeiten
eines rührenden Andenkens beybehalten können, denn wenn Du jetzt als ein freiwilliges
Schlachtopfer ſtirbſt, ſo wird Dein Tod ein
Verbrechen gegen die Liebe. Es iſt zu wenig,
Dich zu verlieren, ich werde Dich anklagen,
über Bande, die Du zerreißen wollteſt, und
indem ich das Leben verwünſche und Dich be-

nelde, sagen müssen: das Leben wäre ihm
theuer gewesen, wenn er mich geliebt hätte.

Strafford.

Du zerreißest mein Herz.

Die Gräfinn.

Kann ich es nicht wankend machen? Siehe
diese Kinder; willst Du sie aufopfern? Ohne
Stütze, ohne Beystand, vor ihrer Kindheit
an verwaiset, werden sie Dir Deinen Tod
und ihre Geburt vorwerfen.

Strafford.

Halt ein!

Die Gräfinn.

Ergieb Dich also. Ach, habe ich Dich ver-
kannt? Kannst Du alle unsre Uebel sehen und
nicht dadurch bewegt werden?

Strafford.

Ich bin es nur zu sehr!

Die Gräfinn.

Du weinst! Endlich spricht die Natur zu
Deinem Herzen. — Strafford, ich beschwöre
Dich, stoße sie nicht zurück. Ach! mein Bru-

der, meine Kinder, wir wollen vereint zu seinen Füßen fallen, ihn um seine Gnade bitten.
(Sie fallen alle zu seinen Füßen.)

Strafford.

O Himmel!

Sir George.

Lebe mein Bruder.

Straffords Sohn.

Lebe für Deinen Sohn.

Eine von den beyden Töchtern.

Tröste unsre Mutter.

Alle zusammen.

Gnade!

Strafford.

Wo bin ich? .... Senke deine Stärke in
dies bekämpfte Herz, befestige meine Tugend,
erkenne mein Opfer und sieh, was es mich
kostet .... Stehe auf ... steht auf und
hört mir alle zu.

(er setzt sich mit der Gräfinn auf die steinerne
Bank, und sie sind von ihren Kindern umringt.)
Elise, nein Dein Herz täuschte sich nicht,
wenn es mich von der zärtlichsten Liebe entbrannt

brannt glaubte; und ich schwöre, daß ich, seit,
dem meine Seele an die Deinige gefesselt, sich
unter das Joch eines so heiligen Ehebandes
begab, nie einen Tag entstehen sah, der nicht
meine Achtung so wie meine Liebe vermehrt
hätte. Ich hoffte heute, ruhig und einsam in
Eurer Mitte die ganze übrige Erde zu ver,
gessen. Die Welt und ihre Hoheit verschwand
vor meinen Augen; ich stand im Begriff,
hundertmal köstlichere Güter zu genießen.
Ich wünschte es ... Der Himmel lenkte es
anders, und wir müssen uns dem Gesetze un,
terwerfen, das er uns auflegt. Glaube mir,
um diese geehrten Bande zu zerreißen, bedarf
es sehr grausamer Anstrengung, sehr heiliger
Pflichten; aber die erste von allen ist, den Kö,
nigen getreu zu bleiben, welche uns die ewige
Gerechtigkeit gab. Mit diesem Glauben erfüllt,
habe ich gelebt, ich werde mit demselben ster,
ben, daß man ein Märtyrer für seinen Gott
und für seinen König werden muß. In dem
letzten Treffen konnte ich das Leben verlieren;
ein anderes Treffen würde es mir vielleicht ge,
raubt haben. Unter diesem minder traurigen
Anblick betrachte meinen Tod; Deine Thrä,

Erster Theil.   L

nen werden süßer seyn, und Du wirst mein
Loos weniger beklagen. (zu seinem Sohn.)
Mein Sohn, Dir übertrage ich die Sorge
für mein Andenken. Du kannst noch Deinen
Namen mit Ruhm führen. Die angesponne-
nen Komplotte, ihn zu verdunkeln, mögen
seyn, welche sie wollen, Du wirst ihm den
Glanz wiedergeben, den man schänden wollte.
Die Tyrannen, mein Kind, sind nicht un-
überwindlich. Du wirst edelmüthige und ge-
fühlvolle Herzen finden, man wird Deine
Wünsche befördern, Deine Thränen abtrock-
nen. Dein Schicksal hat seine Marter! — — —
es wird aber auch seine Annehmlichkeiten haben. — Wir müssen uns trennen. — Meine
Kinder, umarmt Euern Vater — (zum Sir
George.) Erinnere Dich zuweilen eines Bruders. (zur Gräfinn.) Lebe wohl . . . meine
Elise . . . . wende Deine Augen auf mich. . . .

Die Gräfinn. (welche seit einigen Augenblicken die Augen starr gegen die Erde gerichtet hat
und auf irgend einen großen Entwurf zu
sinnen scheint.)
Nein, ich nehme diesen traurigen Abschied
nicht an, Grausamer! und wider Deinen

Willen werde ich Dir zu erkennen geben, daß
Du am Ende nicht der einzige Herr Deines
Lebens bist. Ich wollte Dich ohne Gefahr
und ohne Kampf retten, ohne den Thron
bloß zu stellen und den Staat zu beunruhigen. Eben so schwach als Du, schonte ich
Deines Vaterlandes und des Königs, für
welchen Dein Herz uns aufopfert. Aber Du
willst durch Blut dein Leben erkauft sehen.
Nun wohl, Du sollst befriedigt werden...

Strafford.

Elise, welche Reden! Du machst mich
zittern.

Die Gräfinn.

Fort, mein Bruder, lassen Sie uns eilen.
Man gebe das Zeichen. Komm, mein Sohn,
Deinen Vater zu vertheidigen; man erwar-
tet uns.

Strafford.

Wohin geht ihr? Ah, mein Bruder, rede,
ich verlasse Euch nicht. Wer erwartet Euch
denn?

Sir George.

Die Anführer Deiner Armee. Ihre Freundschaft, die Du heute auffordertest....

Strafford.

Ich habe nicht die Hülfe ihrer Arme verlangt; ich wollte sie zu Zeugen, und nicht, um Soldaten zu haben. — Doch rührt mich ihr Eifer und schmeichelt mir. Also bricht ihr Eifer für mich öffentlich aus?

Sir George.

Ha, wenn Du ihre Hitze gesehen hättest! Wie sie vor Wuth weinten!

Strafford.

Zu edle Freunde! zu großmüthige Krieger! Haltet ihre ohnmächtigen und erhabenen Bemühungen zurück.

Sir George.

Sie werden nicht allein seyn.

Strafford.

Lebt wohl.

Die Gräfinn.

Das ist endlich zuviel. Wir, mein Bruder, wir müssen sein Schicksal bestimmen.

Strafford.

Elise!

Die Gräfinn.

Laß mich.

Strafford.

Aus Mitleiden, aus Zärtlichkeit. . . .

Die Gräfinn.

Laß mich.

Strafford.

Wenn Dein Herz Theil an meinem Schicksal nimmt — — — — Sir George! . . . .
meine Freunde! . . . (man sieht einen Schimmer am Eingange des unterirdischen Ganges.)
Wer nähert sich uns? O Himmel! muß ich
noch für Euch zittern?

Fünfter Auftritt.

Die Vorigen. Ein Unbekannter in
einen Mantel gehüllt.

Strafford.

Wer kommt hierher?

Der Unbekannte (schlägt den Mantel zurück.)
Wünschest Du ihn zu kennen?

Strafford

Mein König!

Karl.

Dein Mörder.

Strafford.

Mein Wohlthäter! mein Herr! Aber, Sire, in welche Gefahr! — — Warum....

Karl.

Jeder Augenblick verfloß zu langsam für mein zerrissenes Herz. Ich konnte diese schreckliche Erwartung nicht ertragen. Warum sehe ich Dich noch in diesem fürchterlichen Aufenthalte? Was zögern Sie, Gräfinn.

Die Gräfinn.

Ach, Sie haben ihn zu Grunde gerichtet. Nur wider seinen Willen wird er uns wiedergegeben werden. Versuchen Sie, ob Sie seinen Widerstand besiegen können, und wir, wir wollen eilen, alles zu seiner Vertheidigung anzuordnen.

Strafford.

Elise! .. Sire! — — o Gott!

Sechster Auftritt.

Karl. Strafford.

Karl.

Strafford, was habe ich gehört?

Strafford.

Sie alle quälen mich.

Karl.

Hast Du also geglaubt, daß ich als ein unbewegliches Werkzeug des Mordes, den man vor hat, das Schwert auf Dein Haupt würde fallen lassen. Ja, ich habe Dir treulos und grausam scheinen müssen. So lange Du nicht frey bist, so lange bin ich strafbar. Aber man mußte die Wuth des Volks einschläfern, und die Grausamkeit aller jener Bösewichter hintergehen. Ich gab verstellt meine Einwilligung in dieses unwürdige Todesurtheil. Selbst Karleton hat geglaubt, daß Du sterben müßtest. Er hätte mit einem einzigen Worte unsre Hoffnung verrathen können.

Seine Thränen täuschten die Wachsamkeit
Deiner Henker. Ich zitterte vor dem Augen-
blick, da er Dich sehen sollte. Es ist unbe-
greiflich, was ich Alles gelitten habe; aber
Deine Rettung war damals in meiner Macht.
Ach! gieb mir meinen Freund, gieb mir meine
Unschuld wieder. Nimm mir die Gewissens-
vorwürfe, die meine Brust zerreißen, nimm
von mir das Verbrechen und den Abscheu,
Dein Mörder zu seyn.

Strafford.

O rührende Güte, die meine Seele ent-
zückt! Ach! warum kann ich Ihnen nur Ein
Leben aufopfern? Aber, Sire, die Zeit eilt,
und die Gefahr folgt Ihnen. Sie sind noch
nicht von allen ihren Frevelthaten unterrichtet.
Sie werden sie bald erfahren. Es bedarf
eines Schlachtopfers. Ich stürze mich in den
Abgrund und schließe ihn. Fliehen Sie von
hier.

Karl.

Ohne Dich gehe ich nicht fort.

Strafford.

Wenn man uns überfiele! Sie machen
mich zittern.

Karl.

Ein Schickſal muß uns heute vereinigen. Entweder wir werden gerettet, oder wir ſterben zuſammen.

Strafford.

Wollen Sie nicht meine letzte Bitte erhören? Um Gotteswillen entfernen Sie Sich.

Karl.

Ich kann nicht.

Strafford.

Ich will es. Ich habe vielleicht einige Rechte, ſo mit Ihnen zu ſprechen: ich fordre ſie alle zurück; wagen Sie es einmal, ſie nicht anerkennen zu wollen. Ich gebe Ihnen mein Blut, ich entſage, für Sie, den glücklichſten Tagen, den ſanfteſten Banden. Und wenn ich zum Preis für alle meine Aufopferung verlange, daß mein Tod mit zu meinen Dienſten gerechnet werde; wenn ich im Begriff ſtehe, im Sterben, wenigſtens das Vergnügen mit mir zu nehmen, meinem Könige nützlich zu ſeyn: ſo wollen Sie, Grauſamer! mir dieſe Hoffnung, meine einzige Stü

ße, meine einzige Belohnung rauben? Nun
wohl, hören Sie mich. Man wird mein Blut
vergießen. Bis jetzt sind Sie unschuldig an
meinem Tode; mein Unglück hat alles gethan;
ich habe ihn selbst gewollt; auch war ich vielleicht zu unvorsichtig. Was Sie betrift, man
hat Sie eifrig bemüht gesehen, mich zu rächen,
und sich deshalb in die größten Gefahren zu
stürzen. Aber wenn Sie diesem ohnmächtigen
Muth keine Grenzen setzen; wenn mein Tod
unnütz für Sie werden muß; wenn Ihre
Freundschaft, da mich doch nichts dem Tode
entreißen kann, hitzig darauf besteht, mein
Loos zu theilen; so wird dies Blut, das ich
mit Entzücken für Sie vergießen werde, wider Sie bis zum Himmel schreien. Als Urheber aller meiner Uebel, werden Sie der Bürge derselben seyn, und ich werde Ihnen in
meinem letzten Augenblicke fluchen!

Karl.

Du, Strafford, Du redest eine so grausame Sprache mit mir? — Du, mein Freund?

Strafford.

Verzeihen Sie. Ich erinnere mich. . . .
Ihre Gefahr beunruhigt mich! Ich falle zu

Ihren Füßen. Geben Sie gnädig meinen er
schrockenen Sinnen die Ruhe wieder. Mein
Herr — mein Freund, da ich sterben muß,
ach so verbittern Sie mir nicht meine letzte
Stunde. Sind Sie allein hier? Ist dieser
Ort bewacht?

Karl.

Ich habe dort einige Freunde und andre
sind zusammen berufen.

Strafford.

Höre ich nicht ein Geräusch?

Karl.

Sey ruhig; komm und Du wirst erkennen,
daß der Rückzug sicher ist.

Strafford.

Man hat Sie so oft verrathen!

Karl.

Fürchte nichts.

Strafford.

Hören Sie. . . . . Man kommt eilfertig
hierher.

———

Siebenter Auftritt

Karl. Strafford. Karleton.
Gefolge.

Karleton (stürzt mit einigen bewaffneten
Freunden des Königs herbey.)

Waffen, Fackeln glänzen unter jenem Gewölbe. Goring hat uns verrathen und zeigt
ihnen den Weg.

Karl.

Ach! zu große Schwäche und zu viel Verrätherey! Ich vertraue mich Bösewichtern und
morde die Rechtschaffenen; überall stoße ich
auf Verbrechen oder auf Unglück. (er zieht
seinen Degen, um sich zu durchbohren.)

Strafford (hält ihn zurück.)

Himmel!

Karl.

Laß mich ein überlästiges Leben endigen.

Strafford (entreißt den Händen des Kö-
nigs den Degen.)

Geben Sie mir diesen Degen; er wird Sie
vertheidigen: bis zum letzten Seufzer wird

Strafford Ihnen dienen. Macht alle eine
Schutzwehr um euern Herrn herum.

(Alle Freunde des Königs umringen ihn mit
den Waffen in der Hand.)

Achter Auftritt.

Die Vorigen. Pym, ein Trupp
Aufrührer, mit Fackeln, Flinten,
Spießen u. s. w. bewaffnet.

Pym.

Bekämpft, ergreift die Vertheidiger eines
Verräthers, und alle erhalten Fesseln oder den
Tod. Eilt, Rächer der Gesetze.

Strafford.

Verräther, nicht näher; fürchtet meine
Wuth, fürchtet diesen Degen; wenn ich meinen König vertheidige, stehe ich für eine
ganze Armee.

Pym (stellt sich erstaunt.)
Seinen König! was will Er sagen?

Karl (macht sich aus der Mitte seiner Freun-
de los.)
Ja, Treulose, seinen König. Kommt,
wenn ihr es wagt, Euch an mir zu vergrei-

fen. Ja ich bin sein Freund, sein zärtlichster Freund. Ich wollte ihn retten, und ich will ihn vertheidigen. Kommt, aus meinen Armen müßt ihr ihn euch herausreißen, von meinem blutigen Körper ihn losmachen. (er drückt Strafford in seine Arme.)

Strafford (mit Rührung.)

Sire!

Ein Aufrührer.

Er ist verurtheilt.

Ein zweyter Aufrührer.

Wir verlangen seine Hinrichtung.

Ein Dritter.

Wir haben keinen König mehr, wenn er uns nicht Gerechtigkeit wiederfahren läßt.

Karl.

Verräther! (zu Strafford) Gieb mir den Degen wieder.

Strafford.

Halten Sie ein, Sire.

Pym.

Und du, Volk, hemme auf einen Augenblick deinen Grimm. — Strafford, Du kannst nicht mehr Ansprüche auf Deine Rettung machen. Wähle, entweder unterwirf oder vertheidige Dich. Wir kennen hinlänglich die Stärke Deines Arms, und ich zweifle nicht, Du wirst Dein Leben theuer verkaufen. Aber siehe, welche Anzahl man Deiner Tapferkeit entgegensetzt, und welches Blut ein solcher Kampf Preis giebt! ...

Strafford.

Hast Du geglaubt, daß ich es ohne Dich nicht würde sehen können; daß Deine unreine Zunge mich erst meine Pflicht lehren müsse? Du weißt, wie weitläuftig ich mich über Deine Schandthaten auslassen könnte; aber dies trunkne Volk würde mich nicht hören wollen. Sind Deine Henker bereit?

Pym.

Blicke hin. Man erwartet Dich.

(Die Thüre des Gefängnisses öffnet sich im Hintergrunde des Theaters, und man sieht auf der obersten Stufe, beym Schein der Fackeln, den Nachrichter, mit einwärts gelehntem Beile und einen Haufen Füseliere.)

Strafford.

Wer wird der Bürge für die Sicherheit meines Königs seyn?

Pym.

Dein Tod.

Ein Aufrührer.

Karl herrsche und Strafford sterbe.

Ein Andrer.

Sein Tod vereinige uns, Monarchen und Unterthanen.

Karl.

Nein, Du wirst nicht sterben. (er nähert sich dem Volke.) Ungerechtes und treuloses Volk, kannst du — — — —

Strafford (ergreift den Augenblick, da Karl sich von ihm entfernt hat, und übergiebt Karleton des Königs Degen.)

Karleton, wachen Sie über Ihren König. (Er stürzt sich nach der Thür des Gefängnisses zu.)

Karl.

Wo gehst Du hin? Ich folge Dir. (Die Aufrührer werfen sich Haufenweise dem Könige entgegen.) O Verzweiflung! o Wuth! Man öffne mir einen Weg bis zu seinem Blutgerüste. Strafford! mein theurer Strafford!

Strafford. (oben auf der Treppe ehe er aus dem Kerker hinausgeht.

Ehe Strafford stirbt, wird er Ihnen vielleicht noch beystehen können.

Neun-

Neunter Auftritt.

Die Vorigen, außer Strafford.

Karl.

Wie! ich bin in Fesseln! von Rebellen umringt!

Pym.

Sehen Sie nur Ihre treuen Unterthanen. Aber ein unzählbares Volk umringt den Tower. Furcht und Wuth setzen es abwechselnd in Bewegung. Wir würden zittern, mitten in diesem Tumulte die Majestät der Könige irgend einer Beschimpfung ausgesetzt zu sehen. Die Gerechtigkeit und meine Stimme, werden die Gemüther besänftigen. Ruhe und Friede wird der Preis des Bluts seyn, welches fließen wird. Ich werde zurückkommen, Ihnen diese große Veränderung zu melden und Sie selbst in Ihren Pallast zu führen. (Zu den Aufrührern.) Bewacht, und wenn es seyn muß, vertheidigt euren König. Cronwell, seyn Sie ihr Anführer bey diesem erhabenen Geschäfte. Bürger, welchen der verwegne Stolz verschmäht, seyn Sie der Aufbewahrer des Schatzes des Staats.

Erster Theil. M

Zehnter Auftritt.

Die Vorigen, außer Pym.

(Karl ist vorn auf dem Theater mit Karleton und der kleinen Anzahl seiner Diener; die Menge der Aufrührer ist im Hintergrunde, und besetzt alle Ausgänge des Gefängnisses.)

Karl.

Bin ich genug herabgewürdigt? Karleton, das Signal? Ach! wird es noch Zeit seyn, und der entscheidende Augenblick — — — — (Man hört zwey Kanonenschüsse.) O Himmel! . . . O süße Hoffnung! . . o tödtliche Unruhe! . . . Karleton, hören Sie . . .

Karleton.

Ich höre Waffengeräusch . . . Man stößt in der Ferne Geschrey aus . . . Man wird Handgemein, man streitet . . . .

Karl. (ganz außer sich)

Verhindert, meine Freunde, diese schreckliche Frevelthat! Soldaten, würdige Soldaten, die er zum Ruhm anführte, tragt den Sieg über seine niederträchtigen Mörder davon. Dringt ein, werfet über den Haufen . . . . Wirf dich in ihre Arme . . . . Volk, was

beginneſt du? Was beginnet ihr, Undankbare? Der, den ihr ſeht, nein, er iſt kein Verräther, niemals reizte er ſeinen Herrn wider
euch. Beſtändig ſagte er mir, die Größe der
Könige beſtehe darin, das Volk zu lieben, den
Geſetzen zu gehorchen. Strafford iſt unſchul-
dig, ich, ich bin ſtrafbar, ich, ſchwach gegen
alle, ihm allein furchtbar, ich, der ich ihm
nicht geglaubt, und der ich ihn habe verrathen
können! Ach, urtheilt, ob der Himmel mich
deshalb habe ſtrafen wollen. Verachtet, in
Feſſeln, meiner Waffen beraubt, und weinend
wie ein ſchwaches Kind! Aber er lebe, und
ich will alle Streiche des Schickſals vergeſſen.
Gebt mir meinen Freund wieder, und ich ver-
zeihe euch allen — — — Karleton!

Karleton.

Sire.

Karl.

Welche ſchreckliche Stille!

Karleton.

Vielleicht . . . .

Karl.

Er iſt verlohren!

M 2

Karleton.

Nein, der Lärm fängt wieder an . . . .
er verdoppelt sich . . . er kommt näher . . . .
Man kommt hierher. Sie werden Strafford
als Sieger sehen.

Elfter Auftritt.

Die Vorigen, Sir George Went-
worth, ein Haufen Irländer.

(Sir George an der Spitze der Irländer stößt
die Thür des Kerkers ein. Die Aufrührer
wollen ihm den Weg verschließen. Sir George mit seinen Soldaten, und der König, der
seinen Degen wieder aus Karletons Händen
genommen, greifen sie von allen Seiten an;
sie fliehen.)

Karl. (nachdem er seinen Degen weggeworfen
läuft mit ausgebreiteten Armen mitten unter
seine Befreyer.)

Strafford, komm in meine Arme — — —
O mein Schutzgott, Sir George! aber zeige
mir doch hier Deinen Bruder.

Sir George. (schluchzend)
Ach! ich habe keinen Bruder mehr!

Karl (ganz erstaunt.)

Habe ich recht gehört?

Sir George.

Erfahren Sie, welchen Freund Sie verloren haben. Unser Geschrey hatte kaum die Rache herbeygerufen, und troß des schrecklichen Widerstandes eines ganzen Volks, troß des Feuers und Schwerts, das uns umringte, und der brennenden Dächer, die über uns zusammenstürzten, waren wir bis zu den feilen Trabanten durchgedrungen, welche die Schranken des blutigen Schauplaßes besetzten. Wir riefen Strafford; er rief uns: Haltet ein, Freunde, Volk, Soldaten und du, mein Bruder, höret. Unbeweglich, erstaunt, gewährten wir ihm Stille. Euer König, fährt er nun fort, Euer König befindet sich ohne Schutz in demselben Kerker, wo ich herauskomme, und ist vielleicht in Gefahr, sein Leben zu verlieren, weil er mir beystehen wollte. Dorthin müßt ihr gehen; laufe, fliege mein Bruder. Gott! Zum Preis meines Bluts, weihe ich denjenigen deinem Zorne, der die Rettung seines Königs vernachläßigt, und sich noch für mich bewaffnen, für mich streiten will. Seine Reden, seine Blicke, alles zeigte an ihm in diesem unglücklichen entscheidenden Augenblick einen himmlischen Abdruck. Durch eine höhere Gewalt nach jenen Oertern gezogen, wandte ich bey dem Tower die Augen weg. . . . . Sein Blut — — — bey diesem Anblick gab ich nur meiner Wuth Gehör, ich lief und verbreitete den Tod auf meinem Wege. Pym hat leider nur einen unsichern Hieb bekommen. Ich habe meinem Bruder gehorcht, Sie sind befreyt, ich verlasse Sie, noch durch seine Waffen beschützt. Ich gehe jetzt, um meine Thränen mit seinem vergossenen Blute zu vermischen, das Unglück zu beweinen, das uns alle zu Boden drückt, und den Augenblick zu verwünschen, der ihn zu Ihnen brachte.

(Er geht mit einigen Freunden ab. Die Meuterrebten von seinem Haufen bleiben.)

Zwölfter und letzter Auftritt.

Karl. Karleton. Gefolge des Königs. Irländische Soldaten.

Karl.

(Nachdem er Sir Georgens Bericht angehört, hat er sich auf die steinerne Bank geworfen. Er bleibt einige Minuten, den Kopf in seine Hände gesenkt: er hebt ihn einen Augenblick in die Höhe und ruft schluchzend aus:

Er ist nicht mehr! (Sein Kopf fällt wieder in seine Hände.)

Karleton.

Er erliegt seinem tödtlichen Schmerz.

Karl (erhebt wieder seinen Kopf.)

Er ist nicht mehr! (fällt wieder zurück.)

Karleton.

Unglücklicher!

(Der König macht eine heftige Bewegung.)

Karl. (wahnsinnig.)

Wer ruft mich? . . . Von welchem dicken Gewölk bin ich umgeben? — — — In welchen finstern Aufenthalt hat man mich ge

schleppt? — — — Für wen. sind diese bey=
den Gräber? — — — Was für ein Klagge=
schrey? .... Was für ein Gespenst steigt
vor meinen Augen aus dem Schooß der Fin=
sterniß heraus? ... Du bist es, theurer
Strafford! Ach! ich bat Dich, zu kommen.
Ich sehe Dich! Wie viel Uebel hat mir Deine
Abwesenheit zugezogen! Aber .... Wische
den schrecklichen Staub von Deinen Augen.
Warum scheinen sie denn dem Tageslichte
verschlossen? .... Laß die sträubenden Haare
auf Deiner Stirn nieder ... Nähere Dich
mir — Alle Deine Sinne sind erstarrt! Wer
hat Dich in diesen traurigen Zustand versetzen
können? — Aber, Du reichst mir die Hand:
wohin willst Du mich führen? Du rufst mich?
Ich komme. — Himmel! was sehe ich? Sein
Kopf liegt zu meinen Füßen! Sein Blut
sprützt auf mich zu! Bringt die fressenden Fle=
cken von diesem Blute fort — meine Hände
wenigstens sind unschuldig an diesem Morde.
.... Ach mein Herr wirft mir ihn vor!
Ein aufgehängtes Schwert! Endlich wird also
auch mein Blut vergossen werden! ....

Ich habe es nur zu sehr verdient. Grausa=
mes Volk! barbarischer Senat! unbarmher=
zige Gattinn! Und du, der Du uns trennest,
o Tod! schrecklicher Tod! sey nur einmal
wohlthätig gegen mich, komm und endige den
Lauf meines strafbaren Lebens! —

Ende des fünften und letzten Aufzugs.

Bey dem Verleger dieses Buchs sind nachfolgende Schriften um beygesetzte Preise zu haben:

Ahnen, die, ein dramatisirtes Sittengemälde in drey Akten, 8.   8 gr.

Almanach, gemeinnütziger, für Kaufleute, Bankiers und Geschäftsmänner auf 1794, 95 und 96. mit 12 Kupfern, 8.   à 1 thlr.

Gründliche Anleitung zum richtigen Gebrauch der Titulaturen, besonders zum Behuf der Bewohner der preußischen Staaten, gr. 8.   12 gr.

Bilderakademie, kleine, für leselustige und lernbegierige Söhne und Töchter, mit Kupfern, gr. 8.   1 thlr. 16 gr.

Dieselbe in französischer Sprache, gr. 8.   1 thlr. 16 gr.

Dahlfeld, Carl von, Originallustspiel in 3 Aufzügen, 8.   12 gr.

Davidson, Wolf, über den Schlaf. Eine medizinisch-psychologische Abhandlung, 8.   8 gr.

Europa in seinen politischen und Finanz-Verhältnissen, 1s u. 2s Heft, 8. 20 gr. wird fortgesetzt.

Folgen, die, einer minderjährigen Verlobung, Originallustspiel in 4 Aufzügen, 8.   16 gr.

Kurzgefaßte Geschichte der Orgel aus dem Französischen des Dom Bedos de Celles nebst Heros Beschreibung der Wasserorgel, 4.   6 gr.

Itinerarisches Handbuch, oder ausführliche Anleitung die merkwürdigsten Länder Europens zu bereisen 2c. 8.   1 thl.

Hempel, D. J. G., pharmaceutisch-chemische Abhandlung über die Natur der Pflanzensäuren 2c. 8.   10 gr.

Jacobi, M. J. H., geographisch-statistisch-historische Tabellen zum zweckmäßigen und nützlichen Unterricht der Jugend. Dritter Theil, 1ter u. 2r Bd. welcher Deutschland enthält, 4. 2 thlr.

Heynatz, J. F., Versuch eines möglichst vollständigen Synonimischen Wörterbuchs der Deutschen Sprache, 1ster Band, gr. 8.   1 thlr. 8 gr.

Klischnig, K. F., Blumen und Blüthen, 8.   10 gr.

Die große Loge, oder der Freymaurer mit Wage und Senkblei, von dem Verfasser der Beiträge zur Philosophie des Lebens, 8.   20 gr.

Lütgendorf, Carl Fried. Aug. Freyherrn von, Schriften 1ster Band mit Kupfern, 8.   1 thlr. 8 gr.

Maimon, S., die Kategorien des Aristoteles. 8.   18 gr.

— Versuch einer Logik, oder allgemeine Theorie des Denkens, 8.   1 thlr. 8 gr.

Modengallerie für das Jahr 1795. Januar — December, mit vielen Kupfern, gr. 4.   6 thlr.

Moral in Beispielen für die Jugend, mit Kupf. 8.   12 gr.

Morgen- und Abendgedanken eines jungen Frauenzimmers auf alle Tage der Woche. Mit 1 Kupf. v. Bolt, 8.   6 gr.

Moritz, K. P., grammatisches Wörterbuch der deutschen Sprache, 3 Bde, gr. 8.   3 thlr.

Nenke, K. C., Unterricht von Verbrechen und Strafen, nach Anleitung des allgemeinen Gesetzbuchs für sämmtliche Preuß. Staaten, gr. 8.   3 gr.

— Unterricht von den Pflichten der Kinder gegen Aeltern und Vormünder, wie auch des Gesindes, der Gesellen und Lehrlinge, gegen Herrschaften, Brodherren und Meister, Gerichtsobrigkeiten ꝛc. Ein Lesebuch für gemeine Stadt- und Landschulen, im letzten halben Jahr des Schulunterrichts, gr. 8.   5 gr.

Nenke, Unterricht über die Verhältnisse des bürgerlichen Lebens und die allgem. Pflichten und Rechte der Aeltern, Ehegatten, Dienstherren, der größern Volksklasse. Ein Lesebuch für Hausmütter, gr. 8.   16 gr.

— Unterricht von rechtlichen Willenserklärungen überhaupt, als auch besonders von Schenkungen unter Lebendigen und von Todeswegen, Darlehnsverträgen und Grundgerechtigkeit, ihrer Form und daraus erwachsenden Rechten und Pflichten; ein Lesebuch für den Nährstand, gr. 8.   12 gr.

— Allgemeiner Unterricht für die bürgerliche Verhältnisse des Lebens, gr. 8.   1 thlr. 12 gr.

— Noth- und Hülfsbüchlein, in politischen Rechtsangelegenheiten ꝛc. 8.   8 gr.

Predigt am Friedensfeste den 10 May 1795 zu Schwedt gehalten, 8.   2 gr.

Ramiro und Giannette, ein teuflisches Matrimonialfragment, aus den Ehestandsacren der Hölle, bearbeitet von Abramalech dem Aeltern, 8. Florenz   8 gr.

Repertorium, allgemeines homiletisches, oder möglichst vollständige Sammlung von Dispositionen über die fruchtbarsten Gegenstände aus der Glaubenslehre, Moral und Weltklugheit, in alphabetischer Ordnung, nebst einem dreifachen Register, 2 Bände, gr. 8.   2 thlr.

Riem, A., über Religion, als Gegenstand der verschiedenen Staatsverfassungen ꝛc. 8.   16 gr.

Rußland in historisch-geographisch-statistischer und literarischer Hinsicht in den Jahren 1788 und 1789, herausgegeben von dem Bürger Chantreau. Aus dem Französischen, 3 Bde. 2 thlr.

Schale, C. F., leichte Vorspiele für die Orgel und das Clavier, 2 Hefte, Querfolio. 1 thlr. 12 gr.

— leichte Nachspiele für die Orgel und das Clavier, Querfolio. 20 gr.

Teufel Asmodi Hinkebein, und sein Befreier in England; eine Fortsetzung des lahmen Teufels von le Sage. Nach dem Engl., 2 Bde, 8. 1 thl. 16 gr.

Versuch über die Holländische Armee, in Hinsicht auf ihren gegenwärtigen Feldzug wider die Neu-Franken, von einem Obersten der leichten Truppen, aus dem Französischen, gr. 8. 6 gr.

Vollbeding, M. J. C., practisches Lehrbuch zur Bildung eines richtigen, mündlichen und schriftlichen Ausdrucks. Zum Gebrauch für Schulen, 8. 8 gr.

— Versuch in richtiger Bestimmung der Verhältnißbegriffe und Gegensätze der deutschen Sprache, 8. 8 gr.

Wäser, G. W., gründliche Anleitung zum Bierbrauen, zur Beförderung richtiger Grundsätze der vorzüglichsten Bereitung das Braun- Weiß- und Englisch-Bier betreffend, ꝛc. 8. 16 gr.

———————